赤鉄町怪事録《あかがねちょうかいじろく》

首狩り地蔵《くびかりじぞう》

木場水京

カバーイラスト　ねこ助

赤鉄町怪事録

首狩り地蔵

目次

※本書は、小説投稿サイト〈エブリスタ〉に投稿された作品赤鉄町怪事録シリーズ「謎の職場」「オトモダチ」「首狩り地蔵」（木場水京・著）の三作品に加筆修正し、一冊に纏めたものです。

謎の職場

組み立て開始

ゴミ溜めと言っていいだろう。自分で言うのもなんだが、汚い部屋だ。

ベッドを覆う青い掛け布団の上には、乱雑に放られた衣服が。床を埋めつくすのは、空のペットボトルにコンビニで買った弁当や菓子袋の残骸、読んだ本やその他ゴミ。

片付けようとは思う。臭いもキツくなってきたからな。

でもどうしても、明日やろう、明日やろうと先延ばしにしてしまうんだなあ。

だから駄目なんだよな、俺は。だから二十四歳にもなって、無職なんだ。

友人には恵まれ、家族仲も悪くない。だから充実してない、とは言えない人生を送っているが、いつまでも無職のままではいられないよな……。

高校卒業した後から、バイトして金貯めて、今まで一人暮らしをなんとか続けられたけど、この前長いこと続けてたバイトをクビになった。

次のバイトなりパートなりを見つけないと、さすがにヤバい。住む所すらなくなる。

そんな思いで、ベッドに寝転がりながら携帯電話をいじり、時給や日給の良いバイトやパートがないか探していると、目に留まったバイト募集があった。

「おお!?」

その求人情報は、寝ていた俺の身を起こして、声すら上げさせた。

******* アルバイト募集 *******

急募！
日給：十万円。
資格：どなたでも歓迎。経歴不問。
場所：赤鉄町岩海《あかがねちょういわみ》三番地
仕事内容：単純な組み立て作業。
仕事時間中は淡々と作業をこなす一方で、休憩時間には和気あいあいと出来る職場です。
是非一緒に働いてみませんか？
その気のある方は下記の電話番号にご連絡下さい。
会社名：一真《ひとま》工場
お問い合わせ：×××-××××-××××

……赤鉄町？　聞き覚えのない所だ。

だけど、何よりも目を引くのは、日給十万円って所だ！

ここで二日働いただけで、その辺のサラリーマンの月給と同じぐらい稼げるじゃねえか。

場所の確認もしないまま、俺はそこに電話を掛けた。

一度コール音が鳴ると、すぐに若い女性の声が聞こえた。

「はい、こちら一真工場でございます」

「あの、私、花崎吉平《はなさききっぺい》と申します。ウェブのバイト募集を見まして、応募したいのですが……」

「はい、では明日の十二時に面接を行います。時間厳守でお願い申し上げます」

「はい、では失礼します」

電話を切ってから、なんとなく違和感を感じた。何か変に感じたんだが、なんだろうか。

でもまあ、気のせいだろう。

そのまま赤鉄町のことを調べると、そう遠くない。というよりも、隣町じゃないか。

隣町に、そんな工場があったとはな。

しかし、ここで気になる記述を見つけた。

なんでもこの町は、いわゆるホラースポットなる場所が多く、怪奇話や怪奇現象が多々ある町らしいのだ。

成る程、そんな町だから人が来なくて、あんな求人を出したのか？

幽霊だなんだ、俺は信じない。とりあえず、スーツ等を用意しておいて、俺は明日に備えた。


次の日、俺は電車に揺られて、この辺境の町へやってきた。山と海に挟まれ、綺麗といえば綺麗な町だ。

とは言え、駅のホームは古く、あちこち錆びたり色がくすんだりしている。

このホームみたく、寂れた町でなければいいのだが。

駅を出てバスを確かめると、あと十分程で来るのがわかった。俺の目的地、岩海三番地とやらも通るのだろうか。

少し待っていると、バスが来た。停車したバスに乗り込んで、運転手に訊ねると、岩海三番地も通るとわかった。

だがその住所を聞いた運転手の顔は怪訝そうだ。渋くて低いが、よく通る声で話しかけてきた。

「お客さん、黒のビジネススーツが決まってますね。岩海は工場ばかりだが、どこか面接でも受けに行くのかい」

「ええ、まあ。一真工場って所です」

「……そうかい。お客さんで何人目かな、あそこを受けに行くって言ったのは」

「えっ？」

「まあ、頑張って下さい」

運転手は無表情のまま、俺に席に着くように促すと、バスを発進させた。

十一時半頃、赤鉄町岩海三番地に着いた。鈍い銀色の工場が、眼前の全てを塞ぐ。

「意外とでかいな」

近づくと、ゴウンゴウン、と何かの機械音が耳に入る。

入口前で、工場の外観を眺めていると、突然怒声が俺の心臓を刺した。

「そこのお前！　そんな所で何してる⁉」

声に振り向けば、禿げ頭にもっさりと蓄えた口髭、雪だるまみたいに丸い体型のおっさんが、目を怒らせて向かってきた。

「お前！　何者だ？　従業員か？　どこの所属だ？」

まくし立てるおっさんにやや困惑したが、ここで働いている人物であることはすぐにわかった。

「あの！　今日の十二時に面接させていただくことになってる、花崎と申します」

「花崎⁉　花……なに面接？　ああ、面接⁉　そうか、そうか。ああ、いやいや、すいません。仕事に集中すると、どうにもね。はははは！」

さっきまで怒っていたのが嘘のように、おっさんは笑顔になった。

「私、ここの工場長の山村一真《やまむらかずま》です」

「工場長さんでしたか。改めて、花崎吉平と申します」

工場長に案内されて、事務室らしい所に入った。

人が三人入れるか入れないかというくらい狭い。

部屋に唯一ある机の上は何かの資料やファイルでごちゃごちゃとしており、汚らしいのが第一印象だ。

二つある内の、黒い椅子に座るように言われたため、そこに腰掛ける。

そして工場長自らお茶を煎れて、汚い机の上の資料を適当によせて出してくれた。

「いやいやいや、花崎君。まずさっきのこと、すまないね」

「いえ……」

「よし、いつから来れますか」

「え？　あ、はい。いつでも大丈夫です」

「いい返事！　じゃあ明日から頼むよ」

「あの、面接は？」

「いやいや、君人柄良さそうだしね。人手も欲しいから、即採用さ」

工場長が馬鹿笑いするので、とりあえず俺も笑っておいた。

何かあっさりだな。

「仕事は朝の九時から夕方五時まで！　君の所属は……」

ガサガサと机の上をあさり、赤いファイルを掴むと、睨むように見つめる。

「うーん。君は〈右〉で」

「右ですか」

「右だね」

一瞬何だかわからなかったが、俺の所属先が右とやらだと理解した。

「その所属名の通り、工場入って右に進めば場所わかるから」

「はい」

とんとん拍子で話はまとまり、俺は帰宅した。

やれやれ、なんか一癖ある工場長だが、いい人っぽいし安心だ。

明日から、頑張るぞ！


次の日、初勤務日。

工場に入ると、ひたすらにベルトコンベアが並び、その合間に銀色の大きな機械が入る。

その光景を眺めつつ右へ進むと、所属上半分、下半分などアバウトな所属名が書かれた立て札が立っていた。

右という立て札を見つけると、白い繋ぎを着た男性がベルトコンベアの前にいたので、話し掛けてみる。

「すいません」

「あん？　誰だ？　新入りか？」

「はい。花崎吉平と申します」

「ああ、山村さんから聞いてるよ。樋口《ひぐち》だ。よろしく」

右手を出してきた樋口という男は、がっしりとした巨躯に、短い顎髭を生やしたゴツい男だ。

俺も手を差し出し、握手する。

「そのまま奥行ってくれ。休憩所兼ロッカールームがあるんだ。そこにお前のネームプレートが入ってるロッカーがあるはずだから、そこに荷物とか入れてくれ。ああ、繋ぎも入ってっから、ちゃんと着替えてこいよ」

「はい！」

見た目はおっかないが、樋口さんはいい人っぽい。

ベルトコンベアを横に、奥へ進むと、〈右〉休憩所と書かれた表札の入った部屋を見つけ、中に入る。

「失礼します」

入口からすぐにベンチが三つあり、灰皿を囲むように配置されている。

さらに人一人通れるくらいの間隔を開けて、ベンチを囲むようにロッカーが並んでいた。

髪を染めた若い男子や幸薄そうなおっさん、ひょろいもやしみたいな男や、筋骨隆々で骨太なおやじ。

ベンチに座っていたそいつらの注目を一身に集めた俺は、一瞬入ることをためらった。

だが、気を取り直して中に入り、自分のロッカーを探す。難無く見つかったため、中に荷物を詰め込み、スーツから繋ぎに着替えた。

すると、背後から妙な気配を感じた。振り向くと、骨太なおやじが俺に熱視線を送っている。

顔の筋肉を引き攣った。なんで見てんだ？　俺、何かしたか？

「あんた、名前は？」

骨太のおやじは重低音の声で、静かに訊ねてくる。

「あっ、失礼しました。花崎吉平です。本日から勤務することになりました。よろしくお願いします」

「……いいわねぇ」

「はい？」

「いい子入れてくれたじゃない。工場長ったら憎いことしてくれちゃってもう！　あ、あたし皆川《みなかわ》っていうの。下の名前は秘密よ」

ああ、そっちの方ですか。

「花崎さんだっけ？　マジビビるっしょ。掘られないよう気をつけてね。あっ、俺は猪上《いのうえ》順平《じゅんぺい》。ヨロシク」

若い奴は剽軽《ひょうきん》な感じで話してくる。

「失礼ね、順平君たら」

「いやいや、皆川さん見たら誰だって最初ビビるって」

「花崎さん、どうぞお座りになって下さい。意外と皆、話しやすい方々ですよ。あっ私、名倉《なくら》です」

もやしみたいなひょろいこの方は、名倉さんか。分厚い眼鏡を掛けてること……。

名倉の隣に座り、幸薄そうな、暗い印象の男に視線を移す。

「……あぁ。僕は篠原《しのはら》。下の名前は言わなくていいだろう？」

「はあ、よろしくお願いします」

篠原は亡霊のような雰囲気がある。目の下にうっすらクマがあるからそれがまた、不気味でならない。

というか、こいつだけ取っ付きにくい感じだな。近寄るな、話し掛けるなって空気をバリバリ醸している。

「そう言えば、皆さんはいつから勤務なさってるんですか？」

「いや、実は俺達、皆初めてなんスよ」

「びっくりよね！」

「ちょうど、花崎さんが来る前に、前の人達はどうしたのかって話をしてたんですよ」

「そうなんですか」

おいおい、経験者いないのかよ。仕事になるのかこれ？

「樋口さんは前からいる方みたいですから、多分我々全員、樋口さんに仕事を教わると思うんです」

「じゃあ、樋口さん大変でしょうね」

「つーかさぁ、なんでこの……右？　に所属してた人達、全員辞めたんだろ。金いいし楽そうなのに」

確かに。なんでだろう。

考えたり話したりしていると、樋口さんが入ってきた。

「全員で五人か。まあ、いい。仕事時間だ」

樋口さんに連れられて、ベルトコンベアの前に並ばされる。

「あー、まず篠原は奥の銀の機械の前。一って書いたシール貼ってあっから、その場で機械から出てきた棒をくっつけろ」

篠原が軽く返事をして、機械の前に立つ。

「次、花崎。二番て書いたシールの場所に立ってろ。篠原が組んだ棒にだな……この二番のシール貼ってるベルトコンベアの下に、ダンボールが入ってるから、その中に詰まったこの赤い皮みたいのを被せろ」

「はい！」

触ってみると、何だかぬるぬるした感じで気持ち悪い。なんなんだこれ？

「次、猪上。三番のシールあるとこな。これもベルトコンベアの下にあるダンボールに、この白っぽい色した皮みたいのが詰まってるから、これを花崎が被せた赤いやつの上に被せろ」

猪上は、白っぽいのを掴んで、それを気味悪げに見つめている。

「で、皆川。お前は四番シールの前な。猪上がやったのが来たら、ベルトコンベアの下に入った、このダンボールの中にある楕円の固まりを、棒の先端が細い方に付けろ」

「頑張りま〜す」

やたらとハイテンションな皆川。樋口さんがいい男だからだろうな。

「で、最後に名倉。お前は五番シール前。ベルトコンベアの下にある段ボールに、湾曲した塩ビ管みたいのがあるから、これを皆川と反対の太い方に付けろ」

「わかりました」

「俺は名倉の後にある銀の機械向こうで、お前らが組み立てたやつの最終調整をする。何かあったら、それぞれシール脇にある赤いボタン押してくれ。そうすりゃベルトコンベア止まるから」

樋口さんの大声に、俺達は全員で返事をする。

そして仕事が始まった。単純な作業だ。片方に曲がる棒が、俺の前に来る。俺は赤いのを被せて、猪上に流す。

これの繰り返しだ。物が流れる速度は遅く、暇な時間の方が長い。

これはこれで退屈で、少し苦痛ではあるが、日給のことを考えるとそんなのは本当に些細な苦痛に感じた。


その日の勤務が終わる。やれやれ、立ちっぱなしってのは意外と疲れるもんだな。

奥から樋口さんがやってきた。手には封筒を五枚持っている。

「ご苦労さん。今日の分だ」

名倉から順に渡され、遂に俺にも手渡される。中を確かめると、福沢諭吉の絵が付いた札が十枚入っているのが確認出来た。

たまらねぇなこれは！

ロッカールームに戻ると、やはり浮かれるバイト仲間達。

「マジヤバい！　マジで十万じゃん。やべえ超テンション上がる！」

「ここにいる全員分で五十万よ？　なんか信じられないわ！」

皆川がそう言うと、猪上が十万円を取り出しそれで皆川を叩いた。

「おらっ！」

「きゃっ！　何するのよ」

「十万で叩いたんだよ。リアルだってわかったでしょ？」

少し考えて、皆川は嬉しそうに笑う。

「そうね。感じちゃったわ！　今ならマゾヒストになれそうよ」

二人の馬鹿笑いの近くで、さすがの篠原もにやけていた。ま、嬉しくない奴なんていないだろうしな。

俺も浮かれた気分だったが、一人ベンチに腰掛ける、名倉さんだけが暗い顔をしていた。

名倉さんの横に座る。

「どうしたんです？　嬉しくないんですか？」

「えっ、いやいや、嬉しいです。嬉しいんですけどね……」

ぎこちない笑顔を浮かべたり、暗く沈んだ表情になったりと、何か様子が変だ。

「仕事中、何かあったんですか？」

「あの、別に大したことじゃないんです。ただ気になって……。あの、私達、何を組み立てててるんでしょう？」

何をってそりゃあ……。なんだろう。

「そういやそうですね。なんなんでしょうね？」

すると、皆川や猪上、篠原までもが会話に入ってきた。

「何二人で話してるのよ？」

「いや、俺達って何を造ってるんだろうなって」

「あっ！ それ俺も気になってたんスよ。マジ謎ッスよね」

「…………腕だよ」

その不気味な一言に、言った篠原以外が固まった。

「間接のある棒に、赤い皮、白っぽい皮、楕円の物体、湾曲した筒状の物体。さて、何だか腕みたいじゃないか？ 後は指があれば……」

「そうなんです。私も腕に見えて仕方がないんです！」

「成る程ねえ。マネキン工場なのかしら」

「くくくっ。そうだろうな」

「えっ」

「普通に考えて、理解できないかね？　造っているのは腕みたいなもの。ならここは人形工場だろうって。他に腕を造る仕事なんかあるのかね？」

「そりゃそうだ。あーびっくりした」

そう言うと、各々帰宅準備を始める。猪上と皆川は、さっさと着替えて先に帰ってしまった。

残る俺も帰宅しようと着替える。

「じゃあ、お先に……」

名倉さんはまだ何か悩んでいるのか、浮かない顔で退室する。

篠原と一緒か。なんか気まずいな。

「……君はどう思う？」

スーツに着替え終わった時だった。聞き間違いかとも思ったが、とりあえず答える。

「な、何を？」

「ここで造っているもののこと、ここの給料、急な人員の入れ替えについてさ」

「えっ？　そんなこと言われてもな。ていうか、造ってるのはマネキンだろ？」

「くくっ、君はまともに頭が働いていないらしい。マネキンなら、機械で造ればいいさ。あんなに手間のかかる造り方しないだろうに？」

「じゃあ、あんたは何を造ってると思うのさ？」

「さて、あれだけで腕とは断言できないし……。結局は謎のままさ。ただ、ここの馬鹿高い日給、前にいたはずの従業員が一斉に辞めた理由。何か臭う」

確かに、ここには謎があるとは思うけど……。

「そりゃあ、まあ気になりますけど」

「ならば、いい。何かある。気をつけるといい」

そう言うと、篠原は帰っていった。

なんなんだあいつは？　マネキン造ってるって言ったり、造るわけないって言ったり。

でも実際、何造ってんだろ。

帰ろうと退室すると、樋口さんがベルトコンベアの前で腕を組み立っていた。

「お疲れ様です」

「おお、お疲れさん」

「……樋口さん、訊きたいことがあるんですけど」

「ん？　なんだ？」

「この工場って、何を造ってるんですか？」

樋口さんの顔が強張る。そして俺の前に立つと、冷たく低い声を放った。

「知りたいのか？」

強い重圧を感じる。訊いてはいけないことを訊いているんじゃないのか？

「いや、あの……なんとなく気になっただけなんで」

「……そうか」

その後樋口さんと別れ帰宅するが、どうにも疑念が強まる。

樋口さんのあの様子は、何かを隠している。だが、何を？　ここの給料の高さといい、もしかしたらとんでもないものを造っているんじゃないか？

悩みは晴れず、むしろ強まっていく。

そんな次の日、始業時間を回っても、名倉さんは俺達の前に現れなかった。

二日目

篠原を除き、俺を含めてバイト仲間はどよめいた。たった一日で来なくなったのだから、当然の反応であると感じる。

それでもとりあえず昨日と同じ配置でベルトコンベアの前に並ぶ。

全員を見ながら、樋口さんが額を掻いた。

「連絡もつかない。これは……バックレたな」

「名倉さんたら、そんな人には見えなかったけど」

「なんかやたら暗い顔してたけどサ、マジないわー」

「くくくっ」

名倉さん、どうして……。そんなに悩んでいたのか？

俺達は気分を沈ませながらも、昨日と同じ組み立て作業を開始する。樋口さんが名倉さんの分もやってくれたおかげで、作業効率は昨日と変わらなかった。

十二時から一時まで、昼の休憩時間が入る。

各々の時間を過ごしていたが、俺がロッカールームのベンチに腰掛けて昼飯の弁当を食べていると、顔を青くした皆川と猪上が異様に静かに入室してきた。

「なんだ、どうかしたんですか？」

「へぇっ!?　あ、いやいや、何でもないわよ！」

「そうッスよ。いやマジで何もねぇーし！」

怪しい。凄まじい怪しさだ。

二人は挙動不審にロッカールームをうろついていたが、仕事時間になるとさらに顔を青くしながら、素早く仕事に入った。


その日の仕事が終わり、金を貰ってからロッカールームに戻る。

すると皆川と猪上に話があると言われて、着替えてベンチに座り込んだ。

「何ですか？」

「猪上君、ドアちゃんと閉まってる？」

「大丈夫ッス」

篠原もまた、足を組んでベンチに腰掛ける。

「僕にも話とはね。手早く頼むよ」

「俺達、休憩時間にトイレに行ったんス。したらさ、その途中で名倉さんを見たんスよ」

「名倉さんって……。えっ、工場の中で？」

「そうなのよ！　何か別のベルトコンベアの前にいたのよ。変だと思わない？」

「くくっ、興味深いな。樋口は連絡もつかないと言っていたのに、工場内にいたっていうのはどういう訳だ？」

おかしな話だ。別の所属に変更してもらったにしても、樋口さんに連絡がいってないなんて変だ。

「……樋口は知っていたんじゃないか？」

「あら、樋口さんを疑うワケ？」

「ああ。実は樋口は名倉のことを知っていたが、僕達の前では嘘をついた。それから導き出される答えは、僕らに名倉の行方を知られると都合が悪いことがあるということだ」

「それって、何スか？」

篠原は溜め息を吐いた。

「生憎、僕は超能力者じゃないのでね。さすがにそこまではわからない」

「うーん、樋口さんに直接聞くわけにもいかないしな」

何だか、二日目にして雲行きが怪しくなってきたぞ。……しかし、謎ばかりが増えていくな。ここはひとつ――

「今の時間に、名倉さんを捜してみませんか？」

「くくっ。僕は遠慮するよ。多分、無駄な労力を使うことになる」

頭にきた。苛立つ物言いをするなまったく。協力してくれてもいいじゃないか。

「あたしは行ってもいいわよ」

「俺も行くッス」

篠原を残し、工場内を歩く。

たくさんのベルトコンベアや、巨大な機械があるが、一向に組み立てた物は見当たらない。それどころか、他に所属しているはずの人達の影も形もない。

「誰もいませんね」

「おかしいわねえ」

「何かミステリー臭半端ねえッス」

うろついていると、樋口さんに見つかり、声をかけられた。

「何してる?」

「あっ樋口さん。いや、他の人達いないなって……」

「各々のロッカールームで休んでいるか、帰宅したかのどちらかだろう。あまり用もなくうろつくな」

「すいません」

樋口さんは冷たい声で注意をして、奥の事務室に入った。

樋口さんは変わっている。普段ははきはきして、多少温かみのある口調だ。

ぜだろう。

だが、工場のこととなると一変する。氷のように冷たく、厳しい口調へ変貌するのはな

そう言えば、樋口さんの冷たいような感じと、似たのをどこかで……？

「樋口さん、何か怪しいッスよね」

「でもこれ以上の探索は無理ね。また見つかったら、クビになっちゃいそうだもの」

「そうですね。名倉さんのことは気になりますが……」

話し合い、今日は帰宅することが決まった。ロッカールームに戻って、荷物を手に退室する。

工場を出てすぐの所にある、錆びたバス停の前でバスを待った。程なくバスが来て、俺はそのバスへ乗り込んだ。客は二、三人で、席が空きすぎているためか広く感じる。どこの席にするか迷っていると、運転手に声をかけられた。

「お客さん、どうも」

「ああ、面接行った時の！」

俺は運転席近くの椅子に座る。

「その様子だと、受かったみたいですね」

「ええ、まあ」

バスは発進する。それと同時に、運転手は後ろ頭でぽつりと呟いた。

「でも、何かあったんじゃありませんか？」

思いがけない運転手の言葉に、胸が爆ぜる。

「……貴方は、あの工場について何か知ってるんですか」

「少しばかり。なにせ、この町に住んで長いもんで」

車の通りも少ない道を進む。

「何を知ってらっしゃるのですか」

「……あの工場ね。頻繁に人が入れ替わるんですが、私は辞めた人を見たことがないんです」

「どういうことです？」

「お客さんみたく、工場に面接行く奴、家に帰る奴、仕事に行くって奴は見ても、あの工場辞めてきたって人は見たことないんですよ」

「そんな馬鹿な話があるんですか？」

「さてね。私が見たことないだけなのかもしれません。でも、十数年運転手やって一度も見たことがないってのも、ありえないんじゃないですかね」

……ありえない。けど、辞めた奴を見たことがないなら、辞めた奴らはどこに行ったんだ？

「あの工場、影薄いけど知る人ぞ知る名所でねえ。何を造ってんのかわからない、人が消える工場だって」

「人が、消える工場……」

「けど、不思議な話もあるんです。結構前からある噂なんですがね。辞めたはずの奴を、工場内で見たって話があるんですよ」

皆川と猪上の話が頭に過ぎる。確か、言ってたな。連絡がつかないはずの名倉を、工場内で見たって。

俺が沈黙したせいか、運転手は勝手に話を進める。

「見間違いかとも思ったんですが、どうにも本当らしくてね。何度も見たって奴もいれば、トイレでばったり会って話したって奴までいましたよ」

「……俺は見てないのですが、実際に起きてるんです。それ」

「ほーう。気味悪いもんですね。……お客さん、そろそろ駅に着きますよ」

荷物を手に、降りる準備をする。

「お客さん、もしも仕事で何か違和感があったら、工場の方へは何も言わずにバックレて下さい。勝手に辞めて、二度とこの町には来ない方がいいですよ」

「え？」

「ご乗車ありがとうございました。赤鉄駅です」

奇妙な運転手だ。そう思いつつ、俺は帰宅した。

物の散乱する汚い部屋に入る。そろそろ片付けないとなあ。

適当に荷物をほうり投げ、ベッドに腰掛ける。

立ちっぱなしは、さすがに足にくるな。それにしても、あの運転手何者だ？　しまった。名前ぐらい、覚えるべきだった。

運転手との会話を思い出す。

……人が消える工場。消えたはずの人が現れる工場。

一体何がどうなってんだか。

少なくともわかるのは、あの工場はおかしい点ばかりだということだ。

給金は高い。何を造っているのかわからない。前に働いてた人が、樋口さん以外誰もいない。

「よく考えれば、おかしいにも程があるよな」

ポケットから携帯電話を取り出す。すると、着信が八件も入っていた。マナーモードにしていたせいか、電話が入っていたことに気付かなかったようだ。

見慣れない番号だ。誰だろう。

かけ直すと四回目のコール音が鳴った時、誰かが電話に出た。

「もしもし？」

「あっ、花崎さんスか。俺です！　猪上ッス！」

猪上？　なんで俺の番号知ってんだ。というか、何か慌ててる？　やたらと早口だな。

「ヤバいんス。皆川さんは消えちゃって、俺もうどうしたらいいか……」

「皆川さんが消えた？　一体どういうことだ」

「俺達、工場のトイレに隠れて、夜まで待ったんです。何か怪しいから、調べてみようって。したら、事務室で俺らの情報が載ったファイルを見つけたんスよ！　電話番号はもちろん、生年月日に身長体重まで載ったやつがあったんス！」

「なんだって？　俺はそんなもの、工場長に出した覚えはないぞ？」

履歴書出す間もなく、採用されたからな。一体どこからそんな情報を？

「でしょ!?　おかしいッスよね。俺も皆川さんも教えた覚えないんスよ。そんで、それに夢中になってたら、あいつらが……！」

「あいつら？」

「花崎さん！　もうここ辞めた方がいいッス！　あいつらは――」

鈍い音が聞こえた。そして電話が、無情に切れた。

無機質な音が、耳を打ち続ける。

「猪上？　猪上!?」

かけ直しても、繋がらない。何かがあった。一体何があったんだよ!?

皆川さんが消えた。猪上は逃げた。そして今、〝あいつら〟に捕まった？

「なんなんだよ？　何が……？」

着信。俺は手に持ったままの電話から鳴る音に、心をえぐられるような衝撃を受けた。

さらに、その着信した電話番号を見て、困惑する。

さっきの、猪上の番号じゃないか？

疑念。なぜまた掛かってきたのか。

さっきは何かあったから電話を切って逃げて、今また電話が出来る状況になったから、また掛けてきたんじゃないか？

そうだ。そうに違いない。しかしなぜか、俺は電話に出るのを躊躇《ためら》った。

なぜ躊躇う？　猪上からの電話だろう。いや、もしかしたら、猪上が言っていた〝あいつら〟が掛けてきたのかもしれない。

電話の相手を確かめるためなら、俺は出ないほうがいい。

だが猪上からなら、俺は彼を見殺しにすることになる。

二つの考えに板挟みになる。コール音が一回、二回と回数を重ねるたび、俺の精神は摩耗しすりへっていく。

遂に糸が切れた。もしもを考えると、とても堪えられなかった。

俺は携帯電話の、通話ボタンを押した。

「……もしもし？」

「花崎さん。俺です」

「猪上！　無事だったか」

安堵した。やっぱり電話に出てよかったじゃないか。

「全く、突然電話が切れたもんだから、何かあったんじゃないかと心配したよ！」

「すいません。もう大丈夫ですから……それじゃ、また」

電話が切れた。

……何だか違和感を感じる。この感じは、以前にも感じたことがあるような気がするが。

猪上の奴、随分落ち着いてたな。……それがおかしく感じる。何かに追われてたんじゃないのか？　そんな状態で、冷静に電話なんか出来るものなんだろうか。

考えても、答えには辿り着けない。

悩んだが、結論を出した。俺も気分が高まっていたから、変に気にしすぎているんだろう。

そう言えば、皆川さんが消えたとかなんとか言ってたな。

うーん。悩んだらキリがない。明日、猪上に詳しく聞いてみよう。

いや、意外と皆川さん、普通にいそうだな。

あらやだ、昨日は夜の工場内が怖くてさっさと帰っちゃったのよ、とか言って。

その後、そんな馬鹿なことを考えながら、俺は一日を終えた。

三日目

猪上の電話から一晩。

俺は言い得ぬ不安と一縷の希望を持ちつつ、仕事場に向かうため自宅を出た。

電車に乗り一駅先の赤鉄駅に着いた。その時、初めてこの駅に来た時のことを思い出す。

寂れた駅だ。この駅が無人駅だからかもしれない。表面の塗装が剥げたベンチが一つ、申し訳なさ気に佇んでいる。

改めて見ると、あまり気味が良いとは言えない。

……初めて来た時には、そこまで思うことはなかったんだが。

やはり、名倉さんのことや猪上達のことがあったからだろう。変に考えるようになった。

駅を出てすぐの所にあるバス停に行くと、程なくバスが来た。

バスに乗り込むと、運転手はあの運転手だった。車内は相変わらず、人がほとんど乗っていない。

運転席近くに座ると、運転手は耳に残る粘っこ低音で話し掛けてくる。

「お客さん、浮かない顔をしていますねぇ」

「いや、まあ色々とありましてね」

運転手はにやりと笑う横顔を見せた。

「前にも言ったと思いますが、あの工場、おかしいでしょう？　お客さんの周りでも、何かしらが起きていらっしゃるようだ」

「……はい。はっきり言って、日を増すごとに奇妙なことが起こりまして」

「ほーう。それでもあの工場に行くのですか？」

「ええ。自分でも、不思議なんですが」

苦笑する。自分自身、なぜこうも真面目に仕事をしようとしているのかがわからない。金のためか。いや、最早好奇心で動いている気がする。

「いやはや、物好きなお客さんだ。……気をつけて下さいね。そろそろ着きますよ」

工場近くに停車したため、俺はバスを降りようとする。その時、運転手が呟いた。

「警告はこれが最後になりましょう。謎の深みにはまると、あなたはそのまま沈むことになるでしょう。引き返すなら、今ですよ」

その言葉が頭に引っ掛かり、立ち止まる。

なんなんだこの人は？　普通に話しているはずなのに、なぜか言葉が重い。だけど、ここまで来て引き返す訳にはいかない。

猪上達のことも気になるしな。

「あなたは、不思議な方ですね。でも、俺は工場に行きます。そうだ、名前を伺っても？」

「ふふふ、剛毅な方だ。間《はざま》です。……ご乗車、ありがとうございました」

俺はバスを降りて、工場へ向かった。

工場に着くと、中に入るかどうか考えたが、重くなった足を前に進める。

そうして機械や荷物の詰まった段ボールが狭めた道を通り、〝右〟のロッカールームの前までやって来た。

そう言えば、この右とかってどういう意味なんだ？

作っている物が、右のパーツという意味何だろうか。

そんなことを思いながら、ロッカールームに入ると、そこには篠原が一人ベンチに腰掛けていた。

「おはようございます。……あの、猪上と皆川さんは？」

「まだ見ていないな。……そもそも来るのかね」

口を歪めて笑う篠原に、俺は眉を寄せる。

「どういう意味です？」

「くくっ、名倉と同じように、突然来なくなるんじゃないかと思っただけさ」

まさか。そんな訳ない。

昨日起きたことが頭に蘇る。

「さて、時間は迫ってる。二人仲良く遅刻か、それとも……」

「やめてください！　不謹慎ですよ！」

「くくっ。失礼」

不気味な男だ。それより、猪上と皆川はなぜ来ない？　もうすぐ勤務時間だというのに。早く来い。早く来てくれ。

そう願うが、俺の祈りは天に届かなかった。

ドアが開き、そちらに目を遣れば、そこに立っていたのは他でもない。樋口さんだった。

彼は無表情のまま、溜め息を吐いた。俺はそれが何を意味しているのか、察してしまう。

「皆川はいないのか？　名倉と同じく、仕事をほっぽらかして消えたか、遅刻か……。まあいい。猪上だが、彼は昨日工場を辞めると言って出て行った。だから今日は俺とお前達、あと、臨時で他の所属から助っ人を頼んだから四人でやることになる。数は前より一人足りない計算だが、そうキツイ仕事ではないから、しっかり頼むぞ」

猪上が辞めた？　皆川が消えた？　他から助っ人？

「樋口さん。猪上はなぜ辞めたんです？」

「さあ、俺は深くは知らない。工場長なら、何か知っているだろうが」

篠原の問いに素っ気なく返した樋口さんは、そのまま早く仕事に移れ、と言ってロッカールームを出た。

篠原は後に続きながら、不敵な笑みを浮かべている。

俺もまた後に続き、ベルトコンベアの前に立った。

「あー、仕事を始める前に紹介する。草野《くさの》だ」

樋口さんの横に立ったのは、まだ二十前後と思われる女性だ。

黒のショートヘア、目は二重で肌が白く、体の出るところは出ている。こう言っては失礼だが、普通にその辺にいそうな女性だ。彼女は俺と篠原に一礼する。

「初めまして、草野です。……花崎さんとは、正確には初めましてではありませんね」

草野の声に、俺は聞き覚えがあった。俺がこの工場に応募した際に、電話に出た女性と同じ声だ。

「あの時の？」

「今回から、こちらに臨時として配属されました。よろしくお願いします」

「こちらこそ、よろしく」

彼女は笑み一つなく仕事に移る。

淡々としている人だな。……その態度のせいだろうか。樋口さんに似ている気がする。

仕事が一段落し、昼休憩時間になった。

ベルトコンベアの周囲を軽く片付けて、ロッカールームへ向かう。

その最中、樋口さんはともかく、草野がふらふらと何処かに向かっていることに気付き、俺は足を止めた。

あれ？　何処に行くんだ？　配属されたなら、〝右〟のロッカールームが休憩所だろうに。

声を掛けようかと思ったが、草野の横顔を見た途端、それをやめた。

目が虚ろで、まばたき一つしていない。

足取りも何かおかしい。千鳥足のようだ。

体調が悪いのか？　いや、様子がおかしすぎる。……草野の後を追ってみるか？

第六感が告げる。それは危険だと、神経を逆なでている。

記憶を掘り起こし、初めて彼女の声を聞いた時に感じた違和感を思い出した。

なんだ。何を彼女から感じているんだ？

声に、行動に感じる奇妙な感覚。

気になる。彼女を追えば謎が解ける気がするのに、足が前に進むことを拒む。

草野はおかしな様子のまま、工場の奥へ歩いていく。

見失ってしまう。どうする。どうすればいい？

汗が頬をつたり、自然と拳に力が入る。

……行こう。

静かに、重くなった足を前に運ぶ。

なるべく音を立てないようにして、草野の後を追う。機械や物が多いおかげで、隠れる所は山ほどあった。

尾行はたやすいな。草野もあの様子じゃ気付いていていないだろう。

思えば、工場の奥に来たのは初めてだな。意外と広い工場だったらしい。

奥に進んでいくと、草野は道を閉ざすドアを開けて入る。

俺も後に続き、静かにドアノブを回して中を確かめた。草野は、足元に瞬く蛍光灯がある細い通路を進み、角を曲がった。

後をつけると、曲がった通路の先には倉庫があり、かなりの広さを誇る空間は、山積みになった荷物で埋まっている。

草野の奴、こんな所に何の用なんだ？

荷物に身を隠しつつ草野の後を追うと、倉庫の奥に、さらに先に続くドアがあり、草野はそこに入って行った。

……倉庫の奥にも部屋、か。

入ろうとドアに近付いた時、荷物が入っているであろう大きな箱に足を引っ掛け、篭った音が倉庫に響く。

血の気が、引いた。

即座に何処からか足音が聞こえ、慌てて荷物の山に隠れる。

ドアが開き、青白い顔の草野が歩いてきた。

「どなたか、いるの、ですか」

生気のない目で周囲を見渡している。はっきり言って、その見た目はゾンビのようだ。

見つかったらまずい。早くいなくなってくれ。早く、早く、早く、早く！

まばたきすら惜しみながら目を見開き、耳を澄まして、草野の動向を窺う。

しばらくうろうろと倉庫内を徘徊していた草野が、突然立ち止まる。

なんだ。どうしたんだ？　まさか、見つかったのか⁉

身が凍りそうな程、体から血が減った気がする。生きた心地がしないというのは、こういう時に言うんだろう。

だがよく見れば、草野は通路を一点に見つめている。

……ばれてはいないようだ。

少し安心したところで、草野が何かを呟いていることに気が付いた。

本当にぼそぼそとした声で聞き取りにくかったが、それが聞き取れた瞬間、体内で虫が這っているような恐怖を味わった。

「……なんでいないのなんでいないのなんでいないのなんでいないのなんでいないのなんでいないの……」

一度も休むことなく、ひたすらその言葉を呟き続ける草野。

体が震える。だが、金縛りにあったように足が動かない。

草野は呟きをやめ、再び倉庫奥の部屋に入って行った。

安堵と同時に、周りの空気と肺に溜まった二酸化炭素を深く出し入れする。
正気の沙汰じゃない。明らかに彼女はおかしい。
はっきり言って、狂っている。
どうする。まだ追うか？
答えは瞬時に出た。これ以上はやめておいた方がいい。
脳が、体がそう言っている。
好奇心を失った訳じゃない。ただただ、恐怖が勝ってしまった。
ゆっくりと荷物の山から、周囲を窺う。誰もいない。今なら逃げられる！
ロッカールームに戻ろうとしたが、山積みになった荷を見て、思う。
……思えば、これは俺達が造っている物の材料なのか？　それとも、完成品なのか？
やめておけばいいのに、俺は興味を持ってしまった。こっそりと、奥の荷物を調べる。
箱に簡単な蓋が付いているだけのようだ。
軽く力を入れると、蓋は小さく音を出して開いた。
蓋を寄せると同時に、時間が制止する。
待てよ。嘘だろ？　なんだよこれ？　なんで、なんでだ!?
視線が外せない。心音が耳を塞ぐ。
俺の目の前の箱には、人が詰まっていた。いや、正確には人形だ。まだ無機質な形ではある。

問題なのはその人形の顔が、俺と瓜二つだということだ。

理解出来ない。何一つ、頭が受け付けてくれない。

叫びたい気分だ。

だが、悲鳴を上げる訳にはいかない。あの草野が戻ってきてしまう。

俺は震える手で蓋をした。

息を呑み、悍《おぞ》ましいものから目を背ける。そのまま倉庫を静かに、だが素早く出て、ロッカールームへ急いだ。

曲がりくねる道ではない。だが、似たような景色が眼前に広がり、迷いながら進み、そして見覚えのある場所に出た。

ああ、トイレだ。

休憩時間によく使う場所。ここは工場内の右端ということだ。

ここから少し道を行けば、ロッカールームが見えてくるはずだ。

戦地から帰還したような、何とも不可思議な高揚を感じる。

無事に戻ってこれてよかった。しかし、あれは何だったんだ?

草野の様子といい、俺そっくりの人形といい。

……この工場で造っているのは、きっとあの人形だとは理解出来る。

だがなぜ俺の顔なんだ？　俺の人形を製造してどうする？

考えれば考えるだけ思考は絡まり、答えを導きだせない。

……答えはどこにある？　草野が入っていった倉庫の奥にあるドアの向こうか？

あの奥が、重要な場所のような気がするのだが。

しかしあの草野を見ると、とても入る勇気がでない。

淡々としてはいたが、初対面の際は普通の女性だと思った。

それが、さながらゾンビのように豹変してしまった。明らかに怪しい。

……豹変と言えば、昨日の猪上もおかしかったな。

電話で何かに怯えながら話していたかと思えば、突然電話が切れた。

かけ直しても繋がらず、数分かかって話せたかと思えば、異様に冷静な口調で話して、早々に電話を切りやがった。

待てよ。あの時の猪上の感じは、前にも感じたことがある。

草野と初めて話した時だ。

似てるな。やけに淡々としていて……。いや、それは表現としておかしいのかもしれない。

淡々、と言うよりかはそう。機械的だ。感情のない話し方と言うのが、正しいだろう。

なぜだ？　俺の知っている猪上は、自分の感情をさらけ出すようなタイプだ。

それがなぜ、草野のような口調になった？

この工場で何かがあったのは間違いない。

夜、工場内に留まっていた猪上の身に何かが起きて、口調が変わった？

馬鹿な。誰かに脅されていたとしても、あんなに冷静に話せるとは思えない。

実はあの電話の主は、猪上本人ではなかった？

いや、あれは間違いなく猪上の声だった。聞き間違ったとは考えにくい。

唸り声を出してしまう。

考えても考えても、どうにもわからない。

ひとまずロッカールームに戻ると、篠原が缶コーヒーを片手にベンチに座っていた。

「くくっ、随分長いトイレだな」

「……まあ、ちょっとありましてね」

篠原から話し掛けてくるなんて、珍しいな。

「………君は、皆川と猪上が言っていたことを覚えているか？」

「皆川さん達が言っていたこと？」

「ほら、連絡を絶ったはずの名倉を、普通に工場内で見つけたとかいう話さ」

「ああ……それが何か？」

「あれは事実だ」

「え!?」

何を言っているんだ、この人は。

予想外の言葉に、俺は立ったまま固まる。

返答が口から出ない。いや、そもそも頭は既に混乱状態だ。何も考えられない。

「くっ、信じられないか？　仕方ない。詳細を教えよう」

篠原は、自分の横を手で叩いた。座れということだろう。

俺は頭の中で言葉が渦巻き、考えが纏まることなく、篠原の横に腰掛けた。

「僕が缶コーヒーを買いに、工場内の自動販売機に行った時だ。ほら、自動販売機はトイレから少し奥にあるだろう？　だから必然的に工場の少し奥に行くことになったんだが、そこより奥に進んでいった名倉を見たんだ」

「奥？」

工場内の奥って、あの倉庫だったよな。

……妙だな。草野以外は誰もいなかったけど。

「くくっ、あの冴えない感じは間違いなく名倉だった。見てしまった以上は、あの二人の言葉を信じざるを得ない」

「篠原さん。実は、妙な話なんですが……」

草野の件、工場で製造している物を話すと、篠原はその目を細めた。

「……実に興味深い。やはり、ここにはむせ返るような臭いを放つものがあるらしい」

「やはりって、どういうことですか？」

「ここの噂を聞いたことは？」

「あります。何でも、ここを辞めた人を工場内で見たとか、むしろ辞めた人間と話したことがないとか……」

「くくっ、他には無いかね？」

「他と言われても」

「君は信用して良さそうだ。僕はね、実は探偵なんだよ」

「えっ⁉」

「とある依頼を受けて、人を追っていたらここにたどり着いたんだ」

「依頼、ですか？」

「ああ。本来は浮気調査だったんだ。奥方が依頼人でね。旦那は無職だったが、最近この工場に働きに出ているようだったから、僕も工場に潜り込んだ訳だ。だが、奇妙なことに旦那は工場から出て来ない。工場内にいるのにだ。初めは感づかれたかと思ったが、どうも違うと気付いた。名倉の一件があったからな。この工場は、僕達が考えているよりもっとヤバい所なのかもしれない」

篠原そう言って、コーヒーを一口飲んだ。

ヤバいのは理解している。草野の様子からも、猪上の話からも。猪上と言えば……。

「そう言えば、猪上から電話があったんです。なんでも俺達の個人情報を、工場側が持ってるって」

「ほう。詳しく」

猪上が皆川と忍び込んだ一件を事細かに教えると、篠原は笑う。

「……自分が調べる分には何も思わないが、他人に自分を調べられるのは物凄く不快だ」

「そうですよね。俺もです」

「くくっ、名残惜しいがもう少しで勤務時間だ。これを」

篠原から手渡されたのは、電話番号だった。

「何かあれば教えてくれ。では失礼」

篠原はのらりくらりと歩きながら、ドアを抜けていった。本人には言えないが、この工場同様、あの人も十分謎めいてると思う。

次の瞬間、心臓が跳ねた。篠原が戻ってきたからだ。心を読まれたのか？

そんな馬鹿なことを考えていると、篠原が男にしては綺麗な手で、ベンチを指差した。

初めはその意図がわからなかったが、指先に篠原が飲んだ缶コーヒーがあることに気が付き、取ってくれということだと感づいたため、空になった缶コーヒーを手に、篠原に渡そうとした。

だが篠原は耳に障る笑い方をする。

「くくっ、話を聞いた礼として、それ捨てといてくれ」

篠原はドアの向こうへ引き返す。ロッカールームには、缶コーヒー片手に固まる俺だけが残された。

四日目

今日で四日目か。早いもんだな。

工場に行き、ロッカールームに入ると、そこには篠原と草野がベンチに腰掛けていた。

「おはようございます」

挨拶をすれば、篠原は目をこちらに向けただけ。草野はと言えば、俺の方を向かずにおうむ返しした。

なんなんだろうこいつら。人間味のねえ奴らだな。

とりあえず繋ぎに着替えて、俺もベンチに座る。草野はずっと前を凝視していて、傍から見れば不気味なことこの上ない。

重苦しい空気が体をその場に縛り付ける。

あまりの苦しさに耐え切れず、俺は笑顔を作った。

「草野さんがここにいるとは思いませんでしたよ」

草野の頭が、瞬時に俺を捉えた。

「私の所属はここですから、いて当たり前です。何か、私がいては問題があるのですか？」

「い、いやないですよ？　けど、昨日は休憩時間も帰りの時もいなかったもんですから

「……」

草野は何も話さなくなった。全く閉じない目で、俺を見つめ続ける。

彼女の目は、俺の顔に穴を開けようとしているのか。

目に威圧されていると、篠原が立ち上がる。

「仲がいいところすまないが、時間だ」

草野は俺から視線を外し、作業場へと移動を開始した。

ロボットみたいだな。何にせよ、助かった。

「くくっ。怖い怖い」

口元を歪めて笑いながら、篠原も仕事に移る。

気味の悪さなら、あの二人はいい勝負が出来そうだ。

俺も移動し、仕事に掛かろうとすると、ふと樋口さんがいないことに気付いた。

すると、〝右〟のベルトコンベアの脇に、山村工場長が現れた。

「あー、今日は樋口君がいないから！　君達で頑張って。以上！」

用件だけ言うと、工場長はさっさと奥へ去って行った。

今日は樋口さんがいないらしい。三人でやるのか。

すると、草野がいつも樋口さんがいた場所を陣取る。

「ここから先は私がやります。貴方達はそちらをお願いします」

気になるな。もしかして、樋口さんがいつもいた場所って何か重要な作業をしているんじゃないか？

しかしここは逆らわず、草野にやらせよう。多分、絶対にあの場所を譲らないだろうし、ここで下手に意固地になれば草野に不信がられるだろう。

彼女には気を配っておいた方がいい。――直感だが、この工場の裏側に関係している気がする。

仕事に取り掛かる。相変わらず、奇妙なパーツだ。

以前篠原は、このパーツは腕だと言っていた。冗談だったのかどうかはよくわからなかったが、意識して見るとそう見えてくる。

関節を組み立て、皮膚を上に被せる。そんな作業に思えてしまう。

気持ち悪い業務だ。さっさと終わってほしい。

休憩時間、ロッカールームには朝と同じく、篠原と俺、草野の三人がベンチに座る。

草野は食事も摂らず、ただ自分の前を真っすぐ凝視して動かない。

篠原と俺は弁当を食べているが、途中で篠原が弁当を食べるのを止め、自分の横に置くと俺に目配せをしてきた。

何の合図かわからなかったが、篠原が立ち上がってロッカールームを出て行ったのを見て、目配せの意味を理解した。

俺も弁当をベンチ横に置いて篠原の後を追おうとしたが、さすがに草野が気になり、少し間を空けてロッカールームを出た。

ドアの向こうに篠原の姿はなく、どこかに移動したことを悟る。

多分トイレか、自動販売機の前のどちらかだろう。

ベルトコンベアと周囲の雑多な配管を尻目に、工場内を進む。そしてトイレに入ると、篠原が用を足していた。

こちらに気付くと、篠原はにやけた顔で対話する。

「遅い。草野を口説いてでもいたのかね？」

「そんな勇気ないですよ」

「くくっ、これは失礼。真にその通りだ」

「喧嘩売ってます？」

「生憎品切れだ」

こんな問答を、篠原が手を洗い終えるまで続けた。トイレから出て自動販売機へ向かう。

「くくっ、あの女は本当に綺麗なものだな」

「……篠原さんの好みって、ああいう方なんですか？」

篠原が、俺を小馬鹿にしたような目で見つめる。そして口から毒を吐いた。

「冗談は君の顔だけにしろ」

「やっぱり喧嘩売ってますよね？」

「血の気の多い。短気は損気と云うぞ？」

自動販売機前に着くと、篠原はブラックコーヒーを購入する。俺は緑茶を買った。

「……自動販売機でお茶、か」

「何か？」

「いや。くくっ、くくくくくっ！」

何がツボにハマったのかはわからないが、篠原は一人で笑い続けている。

この人も、本当に草野といい勝負だよ。一体どっちが勝つか見当もつかん。

いまだに笑みが顔から消えない篠原が、笑いながら缶コーヒーを開けて一口飲んだ。

「ふう、失礼。ああ、さっきの続きだが、続きというのは先刻話していたこと。話していたことというのは、あの女は綺麗なものだという話だ」

「好みの話じゃなかったやつですよね。それがなんなんですか？」

「くくっ、君は話を聞かない子だな。僕はさっきから、綺麗なもの、と言っているだろう？」

綺麗な、もの。……もの？

「人に対して、ものって言うのは何かおかしくないですか？」

「人ならおかしいが、人じゃないなら問題ないだろう？」

「まあそうですね。——え!?」

どういうことだ。篠原は何を言っている？　何を言った？

人じゃないなんて、馬鹿げた理由じゃないか。そんな非現実的な話を信じられるものか！

「有り得ないでしょ？　人じゃないなんて。仮に人じゃないなら、一体何だって言うつもりですか？」

「くくくっ、君は草野の尋常ならざる姿を見て、まだそんなことを言えるのかね？」

「そ、それはそうだけど、決め付けることも出来ないだろ？　そんな証拠なんてない訳だし」

「ないなら探すだけだ。僕は今夜、工場内を探ることにする」

「なっ!?」

「君も来たまえ。拒否権は与えない」

そこからは正に柳に風、馬耳東風。篠原は俺の抗議に耳を貸さず、早足でロッカールームへと戻って行ってしまった。

迷惑極まりない人だよ本当に。どうしよう？

重い足取りでロッカールームに入ると、なぜか草野が瞬時に首を捻り俺の方を向いた。

心臓の収縮が速くなり、血が全身を勢いよく巡る。そのせいなのか、背中がピリピリする。

「ど、どうも」

苦笑いで声をかけたが、草野の視線は外れない。

俺が動いても、俺を見続けている。

俺は体を削っているような視線に堪えながら、ベンチに座る篠原の横に腰掛け、俯く。

怖い。怖すぎる。俺はどうすればいい？　まず草野はどうして俺をガン見してるんだ。

少し顔を上げると、向かいに座る草野と目が合った。

「花崎さんは、恋人がおられますか」

全く予想外の話を振られ、俺は目を見開き、えっ、と声を上げて困惑する。

金魚のように口を開閉しながら、ようやく言葉を声に出来た。

「いや、いませんよ。どうしてそんなことを訊くんですか？」

「そうですか」

会話はそこで途切れた。草野は自分の質問の答えだけで満足したらしく、俺の質問には答えてはくれなかった。

弁当の残りを掻き込んでいる篠原と目が合うと、なぜだか彼は親指を立てる。

よかったな、とでも伝えているのか？　嫌な人だな本当に。

「花崎さん。お弁当の残り、食べないのですか」

「え、ああ。……食欲がないので、今日はこれでやめようかと」

「要らないのなら、私に下さい」

再び想定外の言葉に、身を強張らせる。

「ど、どうぞ」

「いただきます」

草野はそのまま、弁当を細々と食べはじめる。

その様子を、篠原は感慨深げに眺めている。そうして俺に目を移すと、やはり嫌な笑みを浮かべた。

「篠原さん。何か言いたげですね」

「くくっ、別に？　強いて言うなら、おめでとう」

嗚呼、本当に嫌な方だ。

それから少しして休憩時間が終わり、再び仕事に戻った。

働く最中、ふと視線を感じてその気配を探り当てれば、草野が仕事をしつつ俺を見つめていることに気付いた。

なんなんだ。どうして彼女は、俺を見続けているんだ。

気付かない振りをしながら、仕事を持続する。悠久の時が流れているように感じていたが、遂に終わりを迎える時がきた。

業務時間が終了し、俺と篠原が足早にロッカールームへ戻る。

着替えていると、篠原が俺の肩を軽く叩いた。

「ご苦労さん。随分と気に入られているみたいだな」

「勘弁してほしいですけどね。なんなんでしょう、どうして急に興味を持たれたのか……」

「くくっ、さあね。ただ、彼女も女と云うことさ」

「というと？」

「女の心は秋の空、または海より深いと云うだろう？」

突然考えが変わったっていうのか？　少なくとも、あまり気分が良いものじゃない。

ドアが開かれ草野がロッカールームに入ってくると、俺と篠原は話すのを止めた。

草野は真っすぐに俺の下へ来ると、俺の顔を凝視しながら立ち止まる。

そのまま声を掛けられることもなく、さすがに耐え兼ねて口を開いた。

「あの、何か？」

草野は無表情のまま、無言で俺を凝視する。目を合わせるが、心を覗かれているような気がして長くは合わせられず、俺は時折目を逸らした。

そんな動作を何回かしていると、ようやく草野は口を開く。

「……花崎さん。この後お暇ですか」

「え？　ああ、まあ」

横にいる篠原から刺すような視線を感じたが、まさか工場を探索するとは言えないだろう、と思いそれを無視した。

「お暇ならば、私に付き合っていただけませんか」

「付き合うって、どこへ？」

「付き合っていただけませんか」

駄目だ。話を聞いてくれないらしい。

ちらっと横を見れば、篠原が怪訝な面持ちで草野と俺を交互に見ている。

どうするかな。これって、一応デートの誘いみたいなものなのか？

……もしも草野が俺に好意を抱いているとしても、この豹変ぶりははっきり言って失礼だが、不気味だ。

昨日は何の興味もなさそうだったのが、なぜ突然こうも積極的になったんだ。

違和感しか感じない。何か裏があるのではないか。

断るべきだろう。女性の気持ちは尊重すべきと考えているが、草野は常軌を逸した面がある。関わって良いものではないと、第六感が告げている。

「あ、あの。申し訳ありませんが、今日は篠原と飲みに行く約束があったのを今思い出しました。なので、今日はちょっと……」

「私も行ってよろしいでしょうか」

「かまわんよ」

「えっ、いいんですか篠原さん」

「どうにも君に用があるらしいし、いいじゃないか」

なんだか妙な展開になってきた。

その後着替えた俺達は、工場から出てバスに乗り、赤鉄町舞楽という所で降りた。ここには飲み屋が無数に暖簾《のれん》を上げている。

その中でも『居酒屋 源《げん》』という年季の入った店の暖簾を潜った。

「いらっしゃい！」

初老の男性が、紺色の甚平を着ながら、店内のカウンター向こうで料理の仕込みを行っている。

俺達はカウンター席の奥から、篠原、俺、草野の順に座る。そして適当にビールとつまみを注文した。

草野は相変わらず真っすぐ前を見つめるか、俺を凝視するかしている。

篠原はカウンターに頬杖をついて、メニューを眺めている。無論、時折俺を見て嫌な笑顔を見せることを怠らない。

ジョッキに入ったビールが目の前に三つ置かれると、俺は乾杯しようとしたが、他二人が普通にそのまま飲みはじめたので、なんとなく気落ちしつつもジョッキを染めるビールを一気に飲み干した。

「くくっ、意外にイケる口じゃないか」

「そこまで強い訳じゃないですよ。でも酒は好きです」

「……お酒とは、かくいう味なのですね」

草野がぽそっと呟いた。舐めるようにちびちびと飲む様子といい、酒を飲む行為自体が初めてのようだ。

「あの、草野さん。あんまり無理して飲まなくてもいいですからね」

「いえ、問題ありません」

そう言いつつも、やはり中身は減っていかない。そうこうする内、炙ったイカ等のつまみが置かれ、さらに俺はビール二杯目、篠原もビールを飲み干し日本酒を頼んだ。

そんな調子でしばらく談話しながら飲んでいると、草野がすっかり顔を赤くして黙り込んでしまった。

「草野さん、大丈夫ですか」

「……へえ？　何がれすか」

「呂律《ろれつ》回ってないじゃないですか。もう飲むのはよした方がいいですよ」

「まらイケます」

目を潤ませ、気の緩んだ表情を見せる草野を、不覚にも可愛いと思ってしまった。

その後間をおかずに草野はカウンターに突っ伏してしまい、その日はそれでお開きになった。

俺が草野をおんぶしながら勘定を済ませて外に出ると、すっかり夜空には欠けた月が点灯している。

「くくっ、とんだ一日になったがまあ、悪くない一日だったよ」

「そうですね。特に最近は、緊張しっぱなしというか。色々と複雑な出来事ばかりだったから、いい気分転換になりました」

「軽く酔ったし、今日は工場探索は無理だ。明日に変更だな。僕はここで失礼したいが、一つ疑問がある。君はそれをどうするね？」

篠原が顎で草野を指した。

「自宅まで連れていきますよ。草野さんがついて来たの、俺のせいですからね」

「くくっ、違いない。だが、泊まる所ならあそこにもあるぞ？　恋人同士が体を絡ませるホテルだがな」

篠原の言う方を見れば、名前からして卑猥さを感じさせるホテルが乱立していた。

「変な冗談止めて下さいよ」

「くくくっ、泊まれることは泊まれるだろう？」

やれやれ。篠原のジョークを聞き流しながら、草野を背から下ろしてポケット等を漁る。

気が引けるが、どこに住んでるかも知らないしな。何かわかるものがあればいいが。

思えば、草野は鞄一つ持っていない。これはおかしいことじゃないか？草野のスーツのポケットを漁ると、財布等は持っておらず、一枚の紙きれしか入っていなかった。

「くくっ、財布もなしで飲み屋について来るとはな。初めから僕等に奢らせる気だったのか？」

財布を持っていないとわかった時には俺もそう思ったが、唯一の持ち物である紙切れを見てそんな考えは消し飛んだ。

「製造番号１００１３１？」

「……何だねそれは」

「さあ」

短い会話の後、俺と篠原は紙を睨むように見つめる。

製造番号って、造った物の番号だよな。なんで草野はこんなものを持っているんだ。

「草野は１００１３１番らしいな」

「篠原さん。たまたま草野さんが何かの商品を買って、それの紙をポケットに入れていたまま忘れてたってオチですよ、きっと」

「そう思うから、君は花崎なんだ」

「何ですか、その花崎の名を見下す感じは」

「ああ、失礼。花崎は花崎でも君限定だ」

「本当に腹立つなあんた！」

「くくっ、まあ冗談はこの辺にしよう」

自分から言い出した癖に。そう思いつつも、俺はそれを胸の奥へ乱暴に押しやった。

「荷物も持たない点は、不審でならなかった。そして今、所持品はこの紙一枚ときた。どう考えても普通じゃない」

「まあ、常人の感性からしたら有り得ないですね」

「そして君の言っていた、彼女の異常行動。以上の点だけでも、明らかに彼女は怪しい」

二人で謎めいた草野の話をしていると、突然草野が立ち上がった。

さすがの篠原も驚いたらしく、俺を盾に後ろに下がる。

「うう……花崎さんに篠原さん。本日はお勤めごくろーさまでした。私、帰らせていたらきます」

軽くしゃっくりをしながら、草野はふらつく足で帰宅への道を辿っていく。

「好機だ」

「何がです？」

「彼女の秘密を暴けるかもしれん。追うぞ！」

「篠原さん、俺の背後にいる時点で、格好付かないですよ」

「くくっ、いいんだよ。普段からして格好良いのだから」

そう言って篠原は意気揚々と草野の後を追う。

今のが冗談なのか、それとも本気だったのかわからなかったが、とりあえず俺も草野を尾行することにした。

四日目深夜

歩くこと、二十分程経った頃だろうか。

草野が帰る先が、遂に判明した。重々しい建造物が眼前をうめつくすほど乱立し、それぞれが月に照らされ、鈍い銀の輝きを放っている。

そう、そこは——。

「一真工場じゃないですか」

「うん、僕達の働く工場だな」

草野は変わらぬ千鳥足で、明かりのない工場へと入って行った。

「怪しいな。酒の酔いなど醒めてしまった」

「は、はい」

「ここまできたんだ。行くぞ」

篠原と俺は草野を追いかけ、薄暗い工場に忍び込んだ。

暗い中、草野が動くのがかろうじてわかる。足元に気を配りながら、静かに着いていくと、草野は奥のドアを開けその向こうへと消えた。

「篠原さん。前に話した、俺そっくりの人形があったの、あのドアを行った先です」

「くくっ、間違いなく何かあるな」

小声で話していると、工場内に物音が響いた。それは小さな音ではあったが、無音に近い工場内で響くには、十分すぎる音だった。

俺は身を凍らせた。あの時の草野が思考を埋めたからだ。

だが篠原は逆に冷静だった。咄嗟に固まる俺の腕を掴み、俺は下に引かれて身を屈めさせられた。

誰かがいる。

俺の頭にその言葉が過ぎった。篠原と目を合わせると、彼は少し眉根を寄せて緊張した表情を見せている。

屈んだ状態のまま時間が過ぎる。だが俺は自分の耳を信じ、微動だにせず待ち続けた。

すると、カツ、カツ、カツ、と足音がはっきりと聞こえた。

こちらに向かってきているらしい。遠かった音が、徐々に近付いてきていることに気付いた。

篠原と四つん這いで移動し、ベントコンベアや配管などが入り組んだ場所に身を潜める。

そこから周囲を窺っていると、人影が暗闇の中を動いているのを発見した。

誰だ。こんな夜中に、どうして工場にいるんだ？　背丈や体型からして工場長じゃない。

身を震わせるほど、緊張した糸が張り詰める。息を殺し、闇に慣れた目を見開く。

その人物はきょろきょろと何かを探している。それが人なのか、物なのかはわからない。多分、俺達を捜しているのだとは思うが。

ある程度周囲を見渡していたが、何もないと判断したらしく再び歩み始めた。そして草野が入っていったドアを開け、その奥へと消える。

震える息を吐き出す。良かった。ばれなかったらしいな。

篠原を見遣れば、未だに警戒を解いていない。うたぐり深く周囲を窺い、ドアを見つめ、そしてようやく動き出した。

「……慎重に行こうか」

「あれ、誰だったんでしょう？」

「さあ？　人は夜目が利く生き物ではないからな。さすがに距離があったし、顔までは見えなかった」

小声のやり取りを続けながら、問題のドアの前へとたどり着いた。俺は辺りにまだ誰かがいる気がして、必要以上に周りを気にする。

そんな行動をしていて篠原と目が合うと、篠原はけなすように鼻で笑い、苦笑してみせた。

苛立ったが、何も言えなかった。やはりこういう場では探偵の篠原が上手で、非常に冷静沈着だったから、自分の行動が恥ずかしくなったのだ。

なんとなく敗北感を味わいつつ、篠原の方を向いて軽く頭を下げた。

「落ち着きたまえ」

その一言が、実に悔しかった。

篠原は静かに、緩慢な動作でドアを開ける。ドアの先は、草野を追った時と変わらず、狭い通路で足元にある蛍光灯だけが瞬いている。

光に目を細めつつ、俺達は先へ進んだ。

篠原を先頭に、足元や音に細心の注意を払って通路を抜けると、倉庫が見えた。

篠原は素早く倉庫内の荷物の中に身を潜める。俺もその後をついていったが、不意に荷物の中から現れた人物と鉢合わせになり、血が凍り付いたように足を止めてしまう。

「花崎さん」

「草野さん」

同時に名を呼び合う男女。ここが工場じゃなく、街中であったり外国であったりするならば、運命的な出会いとして記憶に刻まれただろう。

最悪な出会い方をしてしまった。

頭は完全に渦を巻いている。考えなんて纏まらないし、まずこれからどうすればいいのかがわからない。

「き、奇遇ですね」

その結果、咄嗟に出た言葉がこれだった。我ながら、あまりに苦しすぎる。こんな所で奇遇も何もあったものじゃない。

ところが、見つかったことにより何かされるかもしれない、という予想に反し、草野は蕩《とろ》けた顔で小首を傾げた。

「本当に奇遇れすね」

酔いは恐ろしいものだ。だが同時に尊いものでもあると、今知った。

正常な判断が出来ないなら、なんとか出来るかもしれない。

「あ、あはは。草野さんは、こんな所で何をしてたんですか」

「体がおかしいのです。倉庫に用はないのに、前に進まないんれすよ」

意外と会話が成立出来ている。草野からは、いつものような機械的なものは感じない。酒の力のなんと偉大なことか。

今の草野を見ていると、以前同じ場所で見たものが嘘のようだ。

「大丈夫ですか？　なんなら奥まで送りますよ？」

「問題ないです。いつかはたどり着きますから」

「そうですか。あ、じゃあ俺はこれで……」

草野に背を向け、通路へ向かおうとした時だった。

突然、体が重くなった。いや、正確には止められたと言うべきか。

俺の体には手が絡んでおり、草野が抱き着いたのだと気が付いた。

背中に草野が頭を埋めている。強めに抱きしめられ、思わず胸が高鳴る。

「草野、さん？」

「行かないで下さい。私には、貴方が必要です」

何だ、この展開は。告白と受けとっていいのか？

鼓動が止まない。篠原は、この様子を見ながらまた厭な笑みを浮かべているのだろうか。

「私には、貴方が必要なのです」

「ええと、あの、いきなりそう言われると、どう反応していいのかわからなくて……」

「いいんです。――それでいいんですよ」

突如、背に走る寒気。耳に感じた違和感のある声。

「……草野さん？」

「私は、貴方に特別な感情を抱いてしまいました。だから樋口さんにも、お父さんにも酷く叱られ、昨日はお仕置きされてしまいました。苦しかったし辛かったけど、やっぱり貴方が気になって仕方がありません。…………だから」

恐怖を感じた。それはまるで、蜘蛛の巣に絡まって、蜘蛛の毒牙が背中に触れているような、逃げ場のない死の恐怖を想像させるものだ。

俺にしがみつく草野の腕が、さらに体を強く締め付ける。

苦しい。だがそれ以上に恐ろしい。向こうと思えば草野の方を向けるのに、それが出来ない。体が拒絶している。

「だから、貴方も一緒になりましょう。きっと皆喜びますよ。名倉さんも、皆川さんも猪上さんも。そう、樋口さんやお父さんだって、きっと喜びます」

「名倉さん達が喜ぶって、どういうことですか？　……貴女は一体、なんなんですか⁉」

「私？　私は人間ですよ。貴方と変わらない、一人の人間です。そうですよね？」

倉庫の荷物は、大きな箱であった。その内、俺の近くにある一つが、草野の発した言葉と共に蓋を開く。咄嗟に見遣れば、中から見覚えのある男性が現れた。

厚い眼鏡を掛けた、もやしのようなひょろひょろしい体の男。それは紛れも無い、かつての仕事仲間だった。

「名倉さん」

自然と口から言葉が洩れる。

名倉は裸足で、わざわざ俺の目の前まで来た。これにより俺は、完全に逃げ場を失ったことになるが、そんなことはどうでもいい。

名倉が現れた驚き。そして何より、名倉から感じる草野と同種の恐ろしさが、俺を支配していた。

「ええ、草野さんの言う通りです」

名倉は口を歪めて笑う。だがその目は一切笑んでおらず、不気味な輝きを宿している。

「名倉さん！　どうしてここに？　いや、それよりもなんで箱の中に……」

「はて、どちら様ですか。ああ、もしかしてさっき、工場内にいた方ですか。やっぱりあれは、見間違いでは無かったようですね」

「どちら様って、花崎ですよ！」

「無駄です。名倉さんはまだ、花崎さんのことを記憶していないのですから」

まだ記憶していない？　そんな馬鹿な話があるものか。仕事の初日に会ったとはいえ、たったの三日会わなかっただけで人の名前を忘れるはずがない。

「一体どういう――」

言いかけて、気付いた。俺が思っているような意味ではないのかもしれない。

まだ記憶していないというのは、会ったが覚えていないということではなく、本当に会ったことがないから覚えていないということではないか。

目の前の名倉は、笑んだまま動かない。気味悪さが付き纏い、俺の思考を締め付けていく。

ある可能性が浮かんだ。そう、本当に馬鹿げた考えだ。だが考えた通りだとすると、この奇妙な工場で起きる出来事が解決してしまう。

草野が抱き着いたのは、告白するためではない。俺の身動きを止めるためだ。

何故か？　簡単な話だ。俺を、同類にするために決まっている。

「花崎さん。どうかしましたか？」

「花崎さんとおっしゃるのですか。ああ、そう言えば彼が言っていました。猪上さん！　起きて下さい！」

俺から目を離さずに叫ぶ名倉。それから間もなく、また倉庫内のどこかから蓋が開いた音がした。

ひたひたと、近寄る足音。それは一定の距離で立ち止まる。

「どうかしましたか、名倉さん」

「猪上さん、彼が花崎さんですよ。貴方が言っていた方でしょう？」

「猪、上？」

「……そうみたいです。声は間違いなくあの電話の男と一緒ですね」

違う。猪上の声ではあるが、やはり猪上じゃない。

焦りと恐怖が混同し、心臓が大きく動く。

浮かんだ可能性が現実味を帯びてきた。いや、既に材料は揃っていたんだ。

こいつらは人じゃない。人であって人じゃないんだ。

辞めた人間を見たことがないと言ったバスの運転手。しかし、辞めた人間を工場内で見たことがあるという噂を教えてくれた。

奇しくもその時、猪上と皆川から名倉さんを工場内で見たと聞いていた。

その時に気付くべきだったんだ。

さらに猪上から、〝あいつら〟という言葉を聞いていた。その後俺は、自分そっくりの人形と、異常な様子の草野を発見したじゃないか。

どうしてあれで気付けなかった。自分の鈍さが腹立たしい。

一度深呼吸をして、静かに言葉を吐き出した。

「お前達は、俺をあの人形にしようって考えてるんだろ？」

「花崎さんは、もうご自分と対面済みなのですね。……やっぱりあの時、倉庫には人がいたと思ったのは正しかったんですね」

「貴女は、草野さんではあっても本人ではない。貴女は、いや、ここにいる名倉さんも猪上も、この工場で造られた存在だ。違いますか⁉」

俺の声が倉庫に響く。しんと静まり返った空間の中、話したのは草野だった。

「だから、なんなのですか。私は草野真由美《くさのまゆみ》という人間です」

「私は名倉啓助《けいすけ》です」

「私は猪上順平です」

三人の、そっくりな口調が耳を通して脳に届いた。そして俺はそれを拒絶する。

「違う！　お前達はただの人形だ！」

「いいえ、私達には名前があります。居場所があります。人形ではありません」

何を言っても無駄だろう。彼らは多分、父親の言うことしか聞かないだろうから。

そう、山村工場長の命令にしか。

すっかり騙されていた。気付かないで、俺達は金に釣られて、喜んで死に飛び込んでしまっていたんだ。

この工場名は、一真工場。かずまとは読まず、ひとまと読むこの変わった名前は、工場長の名前を捻ったものだと思っていたが、彼らを見て、知って、なぜそう読むかに気付いてしまった。

この一真という名前は、人間から変えただけの名前だったのだ。

元の漢字に戻せば、人間工場。

つまりこの工場で造っている物とは――人間だ。

俺達が組んでいた物は恐らく、本当に〝右〟腕だったのだ。

簡単な仕組みだが、機械よりも生々しく、より人間の腕に近い物を造らされていた。

その後、樋口達が何らかの処理を行い、より人間の腕らしいものにしていたのではないか。

他の場所では、他の体を造りあげていたに違いない。

何故この工場で人が消え、また現れるのか？

簡単だ。実に簡単な答えだった。

人間を材料に、人間を製造しているんだ。だが、なぜだ？　なぜそんなことをする？

「さあ、花崎さん。貴方も一緒になりましょう？」

引きずり奥へ連れて行こうとする草野。

ああ、やはりここに働きに来た人間こそ、重要な〝材料〟なんだ。

考えが達し、それが現実となった瞬間、俺は全力で抵抗した。

「うわあああぁ！」

思い切り後ろに走り、壁に背を叩きつける。すると草野は小さく呻いて、腕の力を緩めた。

その隙に草野の腕を振りほどき、眼前に迫る名倉と猪上に突っ込んだ。

捕らえようと身構える二人を避け切れず、がっしりと捕まるが渾身の力を絞り暴れる。

すると名倉の顔面に固く握り締めた拳が当たり、名倉はそのまま後ろに倒れた。

「大人しくして下さい。大人しくして下さい」

猪上と取っ組み合い格闘していると、背後に強い気配を感じた。振り返る暇もなく、俺の首に腕が回る。

強く絞められ、体から瞬く間に力が抜けていく。猪上は無表情で俺から離れた。

「花崎さん。苦しいですか？　今楽になりますから、少々我慢して下さい」

「く、さ……の……」

必死に抵抗しようにも、体はまるで言うことを聞かない。掠れていく視界が、俺の終わりを告げていた。

……猪上が倒れるまでは。

猪上の背後には、嫌味な笑みを浮かべた篠原が見えた。彼はそのまま直進すると、俺の顔に向かい身を捻り拳を突き出した。

だが、それは鈍い音と微弱な風を俺の横顔に当てただけだった。首を絞めていた草野の力が弱まり、遂に腕が首から解けて、草野が床に倒れた。俺は咳込みながら荒く呼吸を繰り返す。

「くくっ、生きてて何よりだ」

むせる俺を、篠原は殴った手をぶらつかせながら眺める。

「あ、あ……」

俺と篠原は、同時に俺の背後にいた草野に視線を移す。

「逃げるぞ」

「はい」

篠原の手を借りて、まだふらつく足を前に出し、二人揃って倉庫から逃げ出した。

暗い工場内では足を機械に取られながらも前に進み、ようやく工場を脱出した。

それでも俺達は止まらない。ひたすら夜の赤鉄町を駆け抜け、どれだけ走ったかわからない内に、赤鉄駅にたどり着いた。

二人で中腰になり、両膝に手を置いて息を汚らしく吸引し、咳と共に吐き出す行為を繰り返す。

そして少し息が整ったところで、俺は篠原の頭を叩いた。

「何をするんだ。痛いだろう、それも探偵の命とも言える頭を叩くな！」

「助けるなら、もっと早くに助けて下さいよ！　危うく死ぬところでしたよ！」

「馬鹿を言え。ベストタイミングだっただろう、僕の格好よさは脳に刻んだか？」

「……はあ、なんか言い合っても勝てる気がしないです。助けていただき、ありがとうございました。幸い終電はあるし、家に帰ります。もうあんな恐ろしい工場、行きません！」

「待て、花崎。家は駄目だ」

「えっ？」

篠原は鋭い目で、俺を睨むように注視する。

「この悪夢は、逃げても終わらないぞ」

五日目

篠原は言った。終わらない、と。

その言葉の意味を聞く前に、篠原は駅から去ってしまった。

朧月夜のようにぼやけた明かりが灯る無人駅に取り残された俺は、慌てて赤鉄駅を飛び出し篠原を追う。

駅を出て曲がり角を曲がれば、篠原はのんびりと夜道を歩いており、さながら俺が追ってくるのがわかっていた風だった。

俺の足音に気付いたのか、篠原は足を止める。

追いついた俺はその立ち止まる男の肩を掴み、息を切らして激しく呼吸する。

「何か、用かね？」

「ひ、人が悪い」

「くくくっ、そうか」

町の街灯が、黒ずむ道路を照らしている。その道を、男二人が並んで歩く。

「それで、悪夢が終わってないとか、どういうことですか」

「考えが足りないな。奴らが人間であり人間でないというところまで思い付いたのは、素晴らしい思慮深さだ。しかし、その後を考えていないとは詰めが甘いな」

「だから、何だって言うんですか」

「くくっ、いいか？　忘れているのは、俺達の情報は奴らに調べ尽くされているということだ。何故そんなことをしていると思う？　工場の秘密を知った奴らを、確実に捕らえるためさ」

「……つまり、今自宅に戻ったら袋の鼠だってことですか？」

「そう考えるのが妥当ではないかね？」

「じゃあ俺達、どうすればいいんですか？」

「さてね」

投げやりな言葉だった。篠原自身、やや俯き気味に話す様子から、考えが纏まっていないようだ。

黙々と歩いていると、頭に浮かぶのは機械的な人間達が、俺に手を伸ばしてくる光景だった。

身震いがする。この闇の中を、奴らは追って来ているんじゃないだろうか。怯えた俺を見て、篠原は溜め息を吐いた。その目は憐れみに満ちている。

「君は臆病だな」

「怖くない方がおかしいですよ」

「……確かにね」

肌寒い風が吹く。向かう当てなく歩き続けていたが、唐突に篠原が前に出した一歩で足を止めた。

俺は篠原よりも数歩先に進んでから立ち止まる。

「どうしました？」

「当たり前だが、人がいないな」

「そりゃあ、もう日付が変わりましたからね。都会でもない限り、出歩く時間じゃないですよ」

「……花崎。あれなんだと思う？」

篠原の指す方を目を細めて見る。住宅が立ち並ぶ道の先に、よく見れば団体ともとれる数の人達が、こちらに向かっていた。

「なんでしょう？」

「この夜更けに、あの数で町を徘徊する理由はなんだろうな？」

一瞬の間に、俺は息を呑んだ。まさか、あれは一真工場の従業員じゃないだろうか。

足並みを揃え、道を埋めるようにして歩んでくる連中を見て、俺は思わず後ずさる。

篠原は俺の腕を軽く叩き、静かに一言呟いた。

「逃げろ」

その一言と同時に、俺と篠原は団体とは逆方向に走り始めた。

すると、背後から一つに纏まる足音がその間隔を狭める。

追われている。奴らは、全力で俺達を追跡している。

走りっぱなしで、体力はあまり残ってはいないが、そんなことは些細なことだった。

捕まったら、全てが終わる。

それは、死神との鬼ごっこのように感じた。だからこそ捕まる訳にはいかない。

俺の足は、恐怖によって前に進む。

横を見れば、篠原はやや苦しげな表情を見せていた。

そのまま後ろを振り向けば、蠢く影が一塊となって迫っており、先程に比べて距離が狭まっていた。

驚いたせいか躓き、危うく転びそうになるがなんとか立て直し、逃亡を続ける。

夜道を駆けて、どれだけ経っただろう。相当に息が上がり、辛くなってきた。

この町、もう少し入り組んだ道をしていればよかったのに。ほとんどが一本道じゃあ逃げ場がない。

篠原と共に逃げていると、前の道が二つに分かれた。

どっちだ。どっちに行けばいい？

篠原と話す間もなく道に差し掛かり、俺は迷いながらも左に曲がるが、篠原は右に行ってしまった。

戻ろうかとも悩むが、無数の足音が近付いてきたため、躊躇しながらも左の道を突き進んだ。

どうする。篠原と別れてしまった。

夜のせいか道がわからない。今自分はどこを目指して走っているんだろう。

合流しようにもどこをどう行けばいいやら。いや、それ以前に奴らをどう撒けばいいんだ。

後ろを見遣る。やはり波のように押し寄せる影が、俺を追い続けている。

前を向き直し、走りながら辛い呼吸を繰り返す。

おかしい。奴らの数が分散されていない。なぜだ、なぜ？

ここで一つ気が付いた。もしかしたら、奴らの狙いは初めから俺なのかもしれない。

考えて見れば、あの倉庫内で姿を完璧に見られたのは俺だけだ。

篠原を唯一見た可能性があるのは、草野ぐらいなものだが、その草野は俺に執着している。

以上の結果が、これだ。

どこをどう報告されたのかはわからないが、少なくとも奴らは俺のみを捕らえるように命令されている。

篠原はそれに気付いただろうか。いや、気付いたとして助けは望めまい。

今はとにかく逃げなければ。

だが足が重いし、肺に穴が空いたように息をするのが辛くて仕方がない。寒々しい風が吹いているのに、汗が滴り体が火のように熱い。逃げることを、体が拒否している。もう立ち止まれ、休めと言っているように感じる。

だが俺はそんな体の申し出を断った。

背後からの音がどんどん近くに聞こえてくる。迫っている。

僅かばかりの余力を振り絞り、懸命に走る。途中、道が曲がりくねり小道が分かれるようになった。

逃げ道が増えた。逃げ切れるかもしれない。

小道に入り、ひたすらに入り組んだ中に入り込む。逃げて逃げて、そうして小道が終わり、また一本の道に出た。

一瞬足を止めたが、左手の方角に、夜更けにも関わらず町に灯る明かりを発見する。街灯に群れる蛾のように、俺の足は自然とそちらに向いた。

酷く息切れを起こしながら、ようやく足を止めることが出来た。

明かりの正体は、飲み屋の明かりだった。そう、そこは篠原と草野の二人と飲んだ店がある、赤鉄町舞楽という地域だ。

あまり人の見ない赤鉄町の人々が行き交うのを見て、俺は胸を撫で下ろした。

あちこちから酒の匂いと、食欲を刺激するいい匂いが混じり、それがまた俺を安心させる。

道の端で両膝に手を置いて、荒い息遣いをしている俺に対し、通り過ぎる人々は不審そうな視線を送ってきている。

それすらも、今の俺には嬉しいものだった。ここにいるのは、立派に人だ。奴らじゃないんだ。

少しばかり体力を回復させ、ゆったりと飲み屋が挟む道を歩む。

ひとまず安心だ。さすがの奴らでも、人がいる所に突っ込んでは来ないだろう。

金はある。飲み屋に入るも、近くのホテルに泊まるも出来るだろう。……普通のホテルがあればいいが。

人が途切れないように、慎重に道を見極めて進む。

……篠原は無事だろうか。逃げ切れたのか？　あの男なら大事ないとは思うが、やはり心配だ。

「そうだ！」

俺はスーツのポケットを漁る。すると、くしゃくしゃになった一枚の紙が出て来た。

紙を伸ばして、近くの飲み屋の外灯に照らす。携帯電話を取り出し、そこに書かれた電話番号を入力して電話をかけた。

コール音が一度、二度と回数を重ねる。

頼む。出てくれ篠原。

七度程コール音が鳴ると、電話が通話状態に移行した。

「も、もしもし!? 花崎です！」

「……聞こえているから、少し声を抑えたまえ」

ああ、この上からの口調は間違いない。篠原は無事のようだ。

「すいません。無事ですか？」

「くっ、無事でなければ電話には出ない。どうやら追っ手は、全て君の方へ行ってしまったようだな。君こそ安全な場所にいるのか？」

「ええ。今は飲み屋とホテルが立ち並ぶ舞楽って所です。深夜に関わらず、意外と人通りがありますすよ」

「ほう？ この町の住人は夜中に徘徊するのか？ まあ何にせよ、君と僕の位置は近い」

「じゃあ合流しましょう」

「言われずともそのつもりだ。僕に会うまで捕まるなよ」

電話が切れる。篠原はやはり無事だった。あの口調からして、奴らの仲間入りはしていないだろう。

安堵した直後だった。誰かに勢いよく肩を掴まれ、俺は悲鳴を上げる。手を振りほどいて、前に転ぶ。だが急ぎ這うように起き上がり、ようやく自分の後ろを振り向いた。

そこには右手を前に出したまま、奇異なものを見るような目で俺を見つめ、その場に立ち止まる篠原がいた。

一気に体温が上がったり下がったりして、変に気疲れしてしまう。体から力が抜けて、その場にへたりこんだ。

「し、篠原さん。脅かさないで下さいよ」

「はて？　君が勝手に驚いたんだろう」

「はあ、今日一日で心臓にどれだけ負担がかかったやら……」

「安心したまえ。君はこの程度では死なん」

「それ褒めてます？」

「くくっ、そう思え」

夜風が肌を撫でるのを感じながら、俺は篠原に手を借り立ち上がる。

そして二人で近くの飲み屋に入った。

「篠原さん。飲んでて大丈夫なんですか？　奴らが来たらどうするんですか」

「……まず、僕達以外誰もいない場所にしか奴らは現れない。人気のない夜中の赤鉄町、工場内、自宅にいる場合のみ襲ってくる。まあ、まだ自宅にいた時に襲ってきてはいないが、今までの襲撃を思い返せば、奴らは我々が人目につかない時にのみ、襲ってきているとは思わないか？　そこから考えるに、工場に関連のない人間がいる場所ならば、奴らも踏み込んでは来ないだろう」

奥の席に座った俺達。篠原はそう言って、ビールを二つ注文する。

篠原は落ち着いていた。普段と変わらない様子で、カウンターに頬杖をついた。

焦る俺がおかしいのか、それとも異様に冷静なこいつがおかしいのか。そんな考えを抱きつつ、俺は閉じきっていた口を開く。

「どうしてそうだと、決めつけられるんですか？」

「くくっ、簡単だ。奴らが狙う獲物である我々は、死んでも問題ないよう代わりを用意されている。だから奴らにしてみれば僕達のみ獲得出来ればいいが、無関係な奴らがいるなれば話は別だ。忘れたか？　奴らは、人間であり人間じゃないのだ。例えとして草野を挙げよう。彼女は、草野として生きているが、彼女本人ではない。所詮は人形、偽物だからな。そんな彼女が、もし草野本人の知り合いと出会ったらどうする？　電話越しならまだごまかしようはあるだろうが、実際に会ってしまえば違和感に気付かれるだろう。無論、偽物だとばれることなど皆無だろうが、奴らにとって面倒なのは工場の噂だ。現在はまだ小さな噂で留まっているが、もしも人格の変わる工場だとか、そんな噂が広まればどうなる？　材料である人間が工場に来なくなることこそ、奴らには問題なのだよ」

「な、成る程」

「それに、ターゲットじゃない、邪魔だからと奴らが他の人間を殺しているなら、この町には今警察が溢れているはずだ。ついでに誘拐だ拉致だと騒がれていないところを見れば、奴らはいまだに大きな事を起こしていない。だから結論として、奴らは狙った獲物のみのところを確実に狙っていると、僕は考える。時に、君はバイトを応募した際、即決で採用されたんじゃないかね？」

「そうです。履歴書を渡す暇もなく決められました」

「ならば確定だ。僕も同じく決められたからね。多分、名倉達も一緒だろう。奴らは、初めから採用する人間を決めていて、いや獲物と言った方がいいか。その人形を造っておいたに違いない」

「……篠原さん、推理にしてもちょっと強引すぎやしませんか。バイトに応募しただけで、どうしてその人間の容姿と住所を知れるんですか」

　俺達の前にビールが置かれる。篠原は嬉しげにそれを掴み、旨そうに喉を鳴らして半分程飲み干した。

「まあ飲みたまえ。なに、夜は長い」

篠原の勧めに、渋々ながら一口飲んだ。カラカラになった喉が潤い、続けざまに喉を鳴らす。

気がつけば、ジョッキは空になっていた。俺はもう一杯頼み、篠原に視線を移す。

にやついた顔は最早、彼の顔であった。これだから、篠原という男だと言える。

「くくっ、少しは落ち着いたかね？」

「ええ。おかげさまで」

「よろしい。では続きだ。強引ではあるかもしれないが、事実奴らは僕達の情報を知っている。……推測だが、電話で知られたのかもしれないな。今の世の中、逆探知なんてものがある。場所さえわかれば、後は人海戦術だ。あの数だから、無理なことはない。容姿、個人情報を知るため、あらゆる手を使われたのかもな」

「あらゆる、手？」

「例えば、家に忍び込む。奴らなら躊躇いなくやるだろう」

「そんな。電話した日なんて、一日家にいたと思いますけど……」

「なら、見ていたんじゃないか？」

篠原が二杯目のビールを飲み、こちらに不気味な笑みを見せた。

見ていた？　どこから？

背筋に冷たいものが走る。それをごまかすように、俺はビールに口を付けた。

「一日家にいると言っても、人は一日座っている訳ではないだろう？　トイレ、風呂、就寝時。さて、君はいつ奴らに部屋を荒らされたのやら……」

「そんな、冗談はやめて下さいよ」

「冗談は嫌いでね」

どの口が言うのか。そうは思ったが、言いはしなかった。

冗談。そうは言ったが、俺はその説を否定出来ない。奴らは、命令一つで何でもやる。捕獲も追跡も殺人でさえも。

「……これから、俺達はどうすればいいんでしょう」

「簡単だ。人の多い街にでも引っ越せば、奴らは追っては来ない。住所は今、君が住んでいる所しか知らないからね。携帯電話も解約して、早い内にいなくなるといい」

「篠原さんは？」

「僕は仕事で工場に潜り込んだ。仕事なのだから、最後までやるさ」

「駄目です！」

声を荒げ、叫ぶように言い放つ。周囲の客の目が体に刺さるが、そんなことはどうでもいい。

片眉を上げた篠原は、呆けた目で俺を見つめる。

「篠原さん、あの工場に戻ろうなんて馬鹿なんですか！　戻れば、篠原さんは……！」

「くくっ、くははははっ！　熱いな君は。心配ありがとう。だが、僕は行くよ。仕事を投げ出すなんて、一人の男として誇りが許さない。それに、逃げ回る人生なんて、その時点で終わっていると思うのでね」

「なに、カッコイイこと言ってるんですか」

「僕がカッコイイ？　今更気付いたのか」

篠原は緩く口元をほころばせ、そしてビールを飲んだ。

どうしてこんなに、この人は冷静でいられるんだ。なぜ、そうして笑っていられる？

「そう言えば、乾杯をしていなかったね」

「え？」

「ジョッキを持ちたまえ」

言われるがまま、俺はジョッキを持った。

すると篠原が、俺の持つジョッキに自分のジョッキを軽く当てる。グラス同士がぶつかる、寂しげな音が耳に響いた。

「くくっ、今日が来たことに乾杯」

「……今日？」

「今日で君に会って五日目だ」

居酒屋の壁に掛かる時計を見れば、零時を廻っていた。まだ五日。そんなに時間は経っていなかっただろうか。実に濃密な日々が過ぎたのだと、じんわりと実感した。

「篠原さん。俺も工場に戻ります」

「ほう？　愛しい草野に会いにか？」

「そうですね。ついでに名倉さん達と、あの雪だるまみたいな工場長をぶん殴りに行きましょう」

「くくっ、捕まる君の絵面が見えるが、まあいいだろう」

俺はビールを飲み干し、更に追加を頼む。篠原も同様に頼み、俺達は酔い出し止まらない。夜は更に深みを増していった。

五日目　日中

俺達は午前三時まで飲んでいた。その後は近くのホテルに泊まり、今は工場前に来ている。

重厚な建物が眼前にそびえる。ゴウン、ゴウンという機械音は、変わらずに鳴り続けていた。

「来てしまいましたね」

「そうだな」

「今、不思議な気分です。後悔してるような、向かい合おうと勇む気持ちが強いような」

「くくっ、結構」

俺達は工場に入り、少しばかり顔を強張らせて〝右〟のロッカールームへと向かう。

途中で樋口さんに出会った。しかし驚いた様子もなく、彼は何食わぬ顔で俺達と接してきた。

「おう、おはよう」

「おはようございます」

「昨日は悪いな。急用があったんだ。何か変わったこととかあったか？」

俺の心臓が小さく跳ねる。咄嗟に言葉が口から出なかったため、少しの間が開いた。

「特に何も」

その声は、俺達の背後から聞こえた。若い女の声だ。

身が硬直した。だが篠原が俺の肩を叩き、声はなくとも落ち着けと言ってきた。

恐る恐る後ろを向くと、そこには草野が立っていた。その目は不気味にギラついている。

「おはようございます。篠原さん、……花崎さん」

「おはよう」

捻り出した一言だった。この一言でさえ、言うことに苦労する。

それだけ俺は、彼女に拒絶反応を示しているらしい。

草野はその場で俺を凝視していたが、やがてロッカールームへと向かった。篠原はその後をついていく。

出遅れた俺と目を合わせたのは、樋口さんだった。言いようのない威圧感を感じたため、俺は愛想笑いを浮かべて篠原の後を追おうとした。

「待て」

「はい!?」

呼び止められた。俺は身を一瞬縮め、また伸びたところで樋口さんの方を向き直す。

「なんでしょう」

「……今日工場に来たら、草野の様子が変だったんだ。昨日何かあったのか？　お前、何か知らないか？」

あの人が変なのは、日常的なことだと思うんだが。

いやそれよりも、もしかして樋口さんは、昨日の一件を知らないのか？

――昨日の追跡は、草野の独断だった？　彼女にそんな権限があるのか？

「いや、特に何もなかったかと……」

「そうか。引き止めてすまん。行っていいぞ」

嘘をついた。だが、樋口さんはそれに気付いていなさそうだ。

ロッカールームに向かいつつ、思考を廻らせる。

樋口さんに関しては、いまだにはっきりとわからないところがある。

口調は人形達とは違い、いたって普通。男らしい話し方といえばいいのか、普段は機械的なものを感じさせない。

しかし工場の話題になると、草野達と似た雰囲気を持った言葉を吐き出すのだが、俺にはどうも腑に落ちないことがあった。

樋口さんは、人形なのだろうか？

草野は確かに樋口さんの名を挙げていた。だから工場側であるのは間違いない。

だが、あまりにも人間臭い。動作も口調もだ。ただそれは工場長にも言えることでもあり、あの二人が何者であるのかは俺の頭では理解出来ないでいた。

俺は片手で頭を掻きながら、ロッカールームのドアを開ける。

そして熱視線の洗礼を受けた。草野はずっとドアの方を見ていたらしく、俺は完璧に草野と目が合い、そのまま固まってしまった。

視線が外れない。動けない、どうしよう。目の前に肉食獣がいる気分だ。動いたら、捕って喰われるような気がする。

勝手に緊迫した状態でいると、篠原が咳ばらいをし、馬鹿な考えの渦中にあった俺を現実に引き戻してくれた。

知らず知らずの内に、額に汗が滲んでいた。ひんやりとした空気が額に張り付き、頭を冷やす。

草野に愛想笑いをしつつ、作業着に着替える。その間も背中に視線は刺さる訳だが、気にしていたらキリがない。

そう言えば、このロッカールームは男女共用なのか？

……いや、馬鹿なことを考えた。草野は多分、倉庫で着替えを済ましているのだろう。いつも熱視線を送る割には、ふらりといなくなっている訳だし。そしていつの間にか戻ってきて、着替えは完璧に済んでいる、と。

しっかり躾られた犬のようだ。やるべきことは完璧にこなしている。

着替えが済んで、ベンチに座る。ああ、尻が冷たい。

篠原を見遣れば、うすら笑いを浮かべている。大方俺を凝視する草野が面白いとか、そんな理由の笑みだろう。

それにしても、草野達は今、何を思っているだろう。殺しかけた人間がまた手元に戻ってきて、喜んでいるのだろうか。

それとも、何かあるかもしれないと警戒するのか？

よく考えれば、これは反応次第で面白いことがわかる。

人であれば、余程の阿呆じゃない限り疑うものだ。

人形であるなら、何も思わない。もし思っても、獲物が戻ってきたと確認する程度ではないだろうか。

彼らの思考能力の程度がわかる。

いやむしろ、人形達を指示する指導者が命令を下すのだから、指導者が人か人形かの判断が出来るかもしれない。

ここまできて俺の体は興奮に震えていた。だが、その熱もすぐに冷める。

樋口さんは昨日の草野達が起こした一件を知らないようだった。つまり、奴らは一枚岩ではないんじゃないか？

そう考えれば、指導者が絶対という訳ではない？

……もしそうなら、相手の反応は一つではない。考えは振り出しに戻る。

くそっ、普通の事件じゃない分、安易な想像が出来ない。篠原はどう考えているんだろう。

待てよ？　山村工場長が、奴らを指揮しているとばかり思っていたが、もしかしたら違うんじゃないか。

人形は、人形達の中にリーダーがいる？

山村工場長はあくまでも人間。そして工場を守るためだけの存在。

もし、もし本当にそうだとしたら、一体誰が人形達の頂点にいるというんだ。

そしてそいつはどこにいる？

思考が廻る。俺は周囲が見えない程、考えることに没頭していた。

不意に脇腹を小突かれ、ようよう我に返ると、篠原がにやにやと笑いながら俺の横にいた。

「お悩みのところ、大変恐縮だが仕事のお時間だ」

時計を見れば、いつの間にか時間は過ぎていた。

いかんいかん。大分悩み続けていたらしい。周囲が見えなくなるなんて、危ないにも程がある。

気を引き締めて、ロッカールームを出る。気付けば、草野の目は気にならなくなっていた。

その後組み立て作業に入ったが、珍しく途中でベルトコンベアが止まり、作業が中断される。

なんだ？　どうして止まったんだ。確か、何かあれば手元のスイッチを押せばベルトコンベアが止まるという話を初日にされたが。

篠原は腰に手を当て体を伸ばしている様子から、押した当人ではなさそうだ。草野が押す理由は思い浮かばない。作業中断と共に機械のように止まっているし、やはりスイッチを押したわけではないようだ。

俺が気付かないで、スイッチに手や腕を当てて止めたのかと思ったが、さすがに自分で押せばわかるだろう。

そうなると、押した人物はただ一人に絞られる。

奥の機械の裏から現れた樋口さんは、俺達に集合をかける。やはり、ベルトコンベアを止めたのは樋口さんだった。

「全員いるな？　今日はこれで作業を終了する。もう帰っていいぞ。ああ、給料はしっかり出すから安心しろ」

「え、もう終わりですか。まだ二時間も経ってませんよ？」

「終了だ。これ以上造る必要はないと判断した。ほれ、給料だ」

樋口さんに無理矢理、茶色の封筒を渡される。そして樋口さんは工場の奥に向かい歩いて行った。

封筒は三つあり、俺は篠原に一つを手渡す。

「くくっ、向こうは何か企んでいるのか？」

「さあ、どうとも言えませんよ」

「ここで終わらせるからには、工場側で何かあったに違いない」

鋭い眼光を、工場の奥へと向ける篠原。そして彼は小さく笑うと、ロッカールームへと歩いていった。

まさか、篠原はまた倉庫に行こうとか考えているんじゃないだろうな。見つかったら今度こそ、奴らにヤられるぞ!?

急いで追おうとしたが、手元の封筒を見て足を止める。そして、いまだにベルトコンベアの前で静止している草野に寄った。

やや肝を冷やしながら、草野に声をかける。すると、草野は静かに俺の方を向いた。

「あの、これ」

封筒を差し出すが、草野は手を出さない。

「あの」

呼び掛けても返事はなく、その状態のまま数分経過した。

早く受けとってくれよ。

焦らされているような気がして、苛立ちが募る。時間稼ぎをされている気分だ。

そんな気持ちを知ってか知らずか、ようやく草野が反応した。

「……あ、花崎さん。私に何かご用でしょうか」

「え、さっきから話し掛けていたんですけど？」

まさか、こちらを向いておいて今気が付いたとでも言うのか？

「すいません。考えごとをしていて、話を聴いていませんでした」

考えごと。人形である彼女が、悩む程のことがあるのか。

訝しい思いを抱きつつも、俺は封筒を差し出す手を草野の手に当てた。

「給料の入った封筒です」

草野はそれを弱々しく握り、受けとった。そしてそのまま再び身動きを止める。どうにも様子が変だ。

ああ、樋口さんや篠原が気になれば、草野も気になる。

それぞれの思惑が見えない。俺はどうすべきだ。

ひとまず、篠原の様子を見に行こう。あいつはまた工場内を探索しようとしている気がする。今は樋口さんが不穏な行動をしているし、それは止めた方がいい。

ロッカールームに足を向けた時だった。

「花崎さん」

「はい⁉」

草野に呼ばれ、変な声を出してしまう。なぜだか背を伸ばして振り返ると、無表情のはずの草野が、眉を寄せて真剣な面持ちを作って俺を見つめていた。

「貴方に聞きたいことがあります」

「な、何でしょう」

「……昨夜、貴方と行動したのは覚えているのです。しかし飲み屋付近から記憶が欠落しており、少ししか思い出すことが出来ません。昨日、私はどうしたのでしょう？」

間を空けてしまった。草野は昨日のことを覚えていないらしい。それは俺にとって寝耳に水だった。

そう言えば、彼女はすっかり酔っていたな。途中からは酔いが醒めていたと思っていたが、あの告白や追跡は、酔った勢いで感情が高ぶった結果だったということか？

「花崎さん」

「あ、ええと、飲み屋の後はバラバラに帰ったので、その先のことはわかりません」

「嘘はやめて下さい」

咄嗟についた嘘だ。そして草野ははっきりと嘘だと言いやがった。

覚えていないんじゃないのか。

「記憶は定かではありません。しかし、工場内で貴方と出会ったのは覚えています」

余計な部分は覚えていやがる。どうだまくらかすべきか。

「俺は、会った記憶がありませんよ？　飲み過ぎて幻覚を見たのでは？」

「……本当、ですか？」

草野は表情を和らげた。眉が離れ、元の無表情に戻っただけだが。

「ええ。大体、夜の工場に行ってどうするんですか。閉まっているだろうから、中に入れるはずないじゃないですか。」

「………それもそうですね。では、あれは夢と呼べるものだったのかも知れません」

「ちなみに、どんな夢を見たんですか？」

そう聞くと、草野は黙って俯いた。少しして顔を上げた草野は、微かに白い頬を赤くしていた。

「言えません。言えません、言えません。失礼します！」

珍しく、草野が動揺しているように見えた。あまりに人間らしくて、俺は思わず目で草野を追ってしまう。

草野は、あんなに人間らしい様子を見せたことがあっただろうか。一体どうしたというんだ？

……草野が工場から出て行ったのを見てから、はっと現実に戻る。

……草野の様子は気になるが、まずは篠原だ。

ロッカールームに軽く小走りで向かい、ドアを開ける。そして、俺の考えは杞憂だったことを知った。

そこにはベンチに座り、本を読みながら悠々自適に過ごす篠原がいたのだ。

安心からか自然に脱力し、ゆっくりとドアを閉めてから、篠原の向かいに座る。

篠原は本を閉じ、俺を見た。口端が微かに上がっていて、わざとらしく眉を上げて口を開いた。

「くくくっ、どうかしたのかね？」

「わかってて聞いてます？」

「さて、どう思う？」

……本当に、嫌な人だな。

特大の溜め息を吐いた。胸の奥から、まとめて黒いものを出した気がする。

「意味ありげなことしないで下さい」

「君は、僕を物好きとでも思っているのかね？　誰が好き好んで敵の渦中に入るものか。それも、伏兵がいるかもしれない中にね。危険過ぎる賭けはしないよ」

「本音ですか？」

「くくっ、君も疑い深いな。まあ、いい読みだが」

つまりは本音ではなく、嘘か。

「どうする気ですか？」

「僕は僕の仕事を成さねばならない。そして、好奇心も満たしたいと考えているよ」

「……仕事って、浮気調査でしたよね。その人、まだ人間なんですか？」

「くくくっ、馬鹿なことを聞くな」

「じゃあ、仕事になんかならないじゃないですか！　人形になったなら、浮気なんか出来ないでしょう！」

「くくっ、残念だがその考えには間違いがある。奴らは浮気が出来るんだ、堂々とね。だからこそ、一応見ておきたい。いやむしろ、浮気していたと報告したいのでね」

「どういうことですか」

「名倉と草野が言っていたことを忘れたのかね？　まず、知り合いであろうと人形になってしまえば、人形になってからしか記憶は蓄積されない。つまり、結婚していようが恋人がいようが、記憶にないのだから、その事実を知らない。そして草野だが、君に好意を抱いているようだった。つまり、奴らには一応感情は存在している訳だ。だから誰かに恋をすることはわかる。つまり、誰かと恋人になることが有り得る話な訳だ。結果、彼らは知らない内に浮気出来るのだよ。出来る以上、見張るしかあるまい？」

「そんなの、危険過ぎますよ。ここにいる以上、いつ奴らに襲われるかわからないのに」

「くくくっ、探偵として仕事を請けたんだ。投げ出すなんて出来はしない。信頼に関わることだ。それに、依頼者をどうする気かね？　もし僕がこの依頼を放った場合、依頼者はこの工場に来る可能性が高い。旦那が働いている場所だからね。その際、万が一依頼者が奴らに捕まったらどうなる？」

「それは――」

言葉に詰まった。篠原は酔狂な男だと、完全に思い違いをしていた。彼は、ちゃんと考えて動いている。

「くくっ、早い話が人質だよ。僕がこの仕事を投げたら、依頼人が被害者になるかもしれないんだ。だったら、僕は仕事を完遂しなければならない。依頼者がここに来ないようにね」

「篠原さん、あんた……」

「ああ、勘違いするなよ？　僕とて善人じゃない。自分が危険だと判断したら、即座に逃亡するさ」

嘘だ。この人は酷いくらいの嘘つきだ。逃げる気なんかないに決まっている。

依頼は嘘の話でもなんでもすれば、達成出来るはずだ。篠原がそれをしないのは、この奇怪な工場で起きていることをどうにかする気なんじゃないのか。

俺は膝の上に置いた握り拳を、強く握り締めた。

あの時、飲んでいた時、工場に行くと言って良かった。

あれは、はっきり言って虚勢だった。篠原を一人行かせるなんて、自分が情けなかったんだ。怖くて怖くて、逃げ出そうとする足をその場に留めて、怖がる様子も見せない篠原に並びたかっただけの、蛮勇に過ぎなかったんだ。

篠原は死なす訳には行かない。乗りかかった船だ。俺も最後まで彼に付き合おうじゃないか。

決心を固めて篠原を見れば、彼は優しく微笑んだ。

「くくっ、どうした？　突然いい顔になって」

「別に、元からいい顔してますから」

「冗談にしては、まあ及第点をあげようか」

二人で笑った。たった数日の付き合いだが、信頼というものがあるように感じる。

よし、気合いは入った。ここの人形どもをなんとかして、追われないようにしないとな。

おっと、まずは情報を共有した方がいいか。その方が篠原も何かと考えやすくなるだろう。

「そう言えば、樋口さんは昨日の一件を知らないようでしたよ」

「ほう。樋口は工場側でも、偉い立場にいると思ったが」

「奴ら、全員で団結している訳ではないのでは？」

「……昨日の一件は、人形の下っ端だけで動いたとは思えない。昨日の奴らは纏まっていたし、さながら軍隊のように、見事に整列して追ってきていたな」

「草野が言っていた、お父さんが昨日の追跡を命じたんでしょうか」

「普通に考えればそうだが……。確か父親と一緒に樋口の名も出ていた。父親と近い程の地位である奴が知らないというのが、どうにも解せん」

確かに。しかし、現に樋口は知らないようだった。

思考は続くが、誰が昨日の命令を下したのかがわからない。

草野が命令を？　昨日の様子から、一番疑いがある。だが、酔っていたようだし、何よりそんなに上位の存在とは思えないが。

俺の耳に、ドアが開く音が届く。素早くドアを見れば、草野がロッカールームに入ってきて、ドアを閉めたところだった。

少しの静寂が部屋を覆い、彼女の足音だけがそれを崩す。

彼女は俺の隣に座ると、篠原に一本の缶を差し出した。

篠原は怪訝な顔でそれを見つめる。

「どうぞ」

「……どうも」

その缶コーヒーは、いつも篠原が好んで飲んでいるメーカーのものだ。

次に草野は、俺にコーラを差し出した。

「どうぞ」

「あ、どうも」

コーラを受け取り、蓋を開けて一口飲んだ。

どうして草野が飲み物をくれるんだろう。……草野は他の人形よりもコミュニケーション能力が高いのか？

草野は窺うように俺達を交互に見ている。

「お口に合うでしょうか？」

「ああ、ありがとう」

……草野は、明らかに数日前よりも成長している。まだ機械的な話し方ではあるが、行動や思考は徐々に人間らしいものになってきている。

ここで、俺は頭に電流が走ったような衝撃を受けた。

草野は、個性を身につけ始めている。

人形が、人間に近付いていると言うことだ。

待てよ。そう考えれば、奴らは限りなく人間に近い人形になれるってことだ。

つまり、普通の人間と見分けがつかない。……誰が人形でもおかしくないということになる。

それなら普通に考えて、人形達のリーダー格は山村工場長ということになるが、リーダー候補の選択肢も増えることにもなってしまった。

人形がはっきりとした自我を持てるなら、今まで味方だと思っていた全てに疑惑がかかる。

猪上、名倉、皆川、篠原。もしかしたら、彼らの中にリーダー格が混じっていたとも考えられるのではないか。

いや、草野だって疑える。自我を持っているなら演技だって出来るはずだ。

しかし、自我を持っていたとして演技が長持ちするかと言えば、持たないと思われる。

ならば、猪上、名倉、皆川、篠原の中に、もしかしたらリーダー格がいるんじゃないか？

あくまで推理。しかし、有り得ないことじゃない。

頭が痛くなってきた。一体誰が人形を操っているんだか。

手に握るコーラを、一気に半分近く飲んだ。

「花崎さんは、何か思い悩むことがあるのですか」

「ええ、まあ。誰だって、悩むことの一つや二つあるでしょう？」

「……そうですね。花崎さんに、お聞きしたいことがあるのですが、よろしいですか」

「俺にですか？　何でしょう？」

「花崎さんは、どんな女性が好みなのでしょう」

「直球ですね。そうだなあ、とりあえず、気遣いがあって周りのことを考えてくれる人がいいですね。それで可愛い方なら文句なしです」

「気遣い、ですか。優しい方だと捉えてもよろしいでしょうか」

「そうですね。いいと思いますよ」

草野は人に興味を持ち始めている。特に恋愛関係。

俺に好意があるのは、なんとなく伝わるんだがどうしたものか。

彼女の想いを断ち切れば、後が怖い。受け入れても後が怖い。

人形のリーダーを捜すより、俺にとってはこっちの方が問題なのかもな。

ちらりと篠原を見遣れば、俯きながら肩を震わせている。

……こいつ、いい人間ではあるが本当に嫌な奴だな。

「お二方は、帰られないのですか」

「くくっ、待っていても仕事が再開しないならば、帰るとしよう」

「再開はしません」

「なんで草野さんが言い切れるんですか？」

「……再開は、しないと思います」

草野の視線が下に向いた。言い直したつもりなのか。しかし、明らかに何かを隠しているのがわかる。

俺が何を言うべきか悩んでいると、篠原が先に動いた。

「草野、実は昨日、我々は奇妙な連中に追われたんだ。君は昨日帰った後、何事もなかったかね？」

草野は素早く顔を上げ、微かに目を見開いた。

無論、俺もまた驚き危うく声を出すところだった。篠原に目配せするが、嘲笑《あざわら》うような目で返される。

まあ見てろってことか？

「私は、別に何もありませんでした」

「ふむ？　では僕と花崎を襲った奴らは、一体何者だったのだろうか」

篠原は前屈みになり、両手の指を膝の間で合わせる。そしてさも思い悩む様に、わざとらしく眉を顰《ひそ》め口をへの字に曲げた。

草野は表情こそ変えないが、目を泳がせている。

俺はここまで見聞きして、これは篠原の揺さぶりだと気付いた。

感情が芽生えているであろう草野は、言ってしまえばまだ未成熟な子供のようなものだ。ならばまだまだ嘘が下手で、余程口が上手でもない限り、どこかでボロを出すだろう。

篠原は、それを狙っているのか？

「花崎さんも襲われたのですか？」

「ええ、まあ」

「……じゃあ、あれは現実だったのでしょうか」

草野は視点の定まらない目で、一言呟いた。

「あれは、現実？　君は何か知っているのかね？」

「し、知りません。私は何も」

「くくっ、君は今、何かを思い出しただろう。追った連中に心当たりがあるなら、是非とも教えていただきたい」

「心当たりなんて、私にはありません。貴方は理解に欠ける存在です」

「では、あれは現実だった、とは一体どういう意味で言ったのかね？　まさか、今の流れで別のことを考えていたと？　それなら酷い話だ、なあ花崎」

「え！　あ、ああ。そうだな」

忙しなく二人を交互に見つつ、俺は動揺した心臓を隠そうと苦笑いで表情を変える。

篠原め、突然俺に振るな！

しかし効果があったのか、草野の様子がおかしくなった。

「別のことなんて、考えていません。私は、私は、私は……」

言葉が出ないのか、それ以上何も言えないらしい。

「ああ、それなら君は悪くない。何を躊躇うのかね。君は悪事に手を染めているのか？」

「そんなことはしていません」

「であれば、知っていることがあれば教えてくれたまえ。知りたいよな、花崎」

「はい。何か知っているなら、教えていただきたいですね」

そう言った直後、草野は頭を両手で抱えた。焦点の合っていない目を大きく見開き、形相を見せる。

「花崎さんは、知りたいと言っている。でも、私は、私は！」

「悩むことかね？　君が話してくれれば、僕も花崎も助かるのだが。そうさ、君は関係ないだろう？」

「関係……ない」

「そうとも。まさか君は、僕達を追ってきた奴らの仲間なのかね？」

草野が微動だにしなくなる。目は篠原に向いたままで、何かを考えているらしい。

しばらくそのまま時間が経過した。炭酸の抜けない内にコーラを飲み干した時、嫌なものを見た。

草野の口端が、歪んでいた。笑んでいた。ほくそ笑んでいたのだ。

真っすぐに篠原に向いたその目は、さっきまでと違い狂気的な輝きが宿っている。

「ふっ、ふふ、あはははははは！」

突如草野の笑い声が響く。肌に不快な振動を与えるそれは、酷くよく通る声だった。

笑いやむと、草野はやはり無表情な顔に戻る。

「面白い冗談ですね」

「くくっ、光栄だ」

「私はその人達なんか知りません。たまたま私の見た夢が、貴方達が追われていた夢だったので、動揺しただけです」

「たまたま、かね」

「はい。偶然です」

おかしい、草野は冷静さを取り戻している。さっきまでとは大違いだ。

気になるのは、草野の目。虚ろなようで、僅かに妖しい光が灯っている。

なぜだかその目が恐ろしい。

「ふむ、では手間を取らせた。花崎、帰ろうじゃないか」

「はい」

篠原はそそくさと荷物をまとめ、ドアまで歩く。俺もその後に続くが、篠原がロッカールームを出ると同時のことだ。

「――お気をつけて」

機械的な声が背中越しに聞こえ、俺は振り返ってしまった。

目に焼き付く笑顔だった。草野は不気味に輝く目を見開き、小さく口角を上げて笑う。

目を通して、恐怖が体に浸透していく。

俺の体は、考えるより先に動いていた。気付いた時にはロッカールームを出て、駆け出していた。

篠原を追い越し、工場の外へ出る。大した距離でもないのに、足が震えていた。疲れがきたのではなく、悍ましいものを見た恐怖からだろう。

こめかみ辺りから、頬へ冷たい汗が伝った。

草野はやはり異常だ。とても一緒にはいられない。いやむしろ、一秒として顔を合わせたくない。

今日はいつにも増して恐ろしく、気味が悪かった。何かする気じゃないだろうな。

そんなことで思考を埋めていると、背後から短い笑い声が聞こえた。

「くくっ、何を悩んでいるのかね」

「えっ、何って草野の件ですよ。明らかに何かおかしかったじゃないですか」

「そうだな」

「どうしてそんなに落ち着いているんですか！」

「がなるな喧《やかま》しい。おかしいのはいつものことだし、今更どう反応しろと？　そんなことより、今日の一件で草野はすぐにでも動くだろう。そこでだ。彼女を捕らえてみようじゃないか」

「……は？」

「くくくくっ、無論、囮《おとり》は君だ」

「囮!?」

「今日は君自身の家に帰りたまえ。どんなことが起きるか楽しみだな」

篠原は笑う。草野と似た、狂気じみた目の輝きを魅せながら。

五日目　夜

汚らしい部屋が、俺の目に映る。物が乱雑に散らばっているが、特に荒らされた様子ではなさそうだ。

ほっと胸を撫で下ろす。奴らはまだ来ていない。

ベッドに腰掛け、首を回す。

それにしても、篠原は何を考えているんだ？　草野を捕らえるなんて発想、正気じゃない。

そもそも草野が俺の所に来るのか？　様子がおかしかったのは認めるが、あの狂気的なものは俺じゃなくて篠原に向いていた気がするんだが。

携帯電話を見つめる。いざとなれば、付近に張り込んでいる篠原に連絡する手筈になっている。

連絡出来る暇があれば、の話だが。

壁に掛かる時計を見てからテレビを点けると、バラエティー番組を放送していた。お笑い芸人がトークで盛り上げ、笑い声がスピーカーから聞こえる。

面白いのだが、笑い声は出なかった。気が気じゃない。

草野が来るのか？　あの草野が。

どこかから見られているような気がしてならない。窓、ドアの向こうに彼女がいそうで、恐ろしくて仕方がない。

一日って、こんなに長かったのか。

時計の針は、まだ数分しか経っていない。

ああ、改めて思う。なんであの工場に関わってしまったんだ。金に釣られなければ、今まで通り平穏な日々を過ごせたのに！

頭を掻きむしる。自分自身に嫌気が差して仕方なかった。

刺激的な毎日は嫌いじゃないが、こんな心臓に悪い寿命の縮むような刺激はいらないぜ全く。

ゴミを踏み締めながら、台所脇にある冷蔵庫を開ける。中からコーラを取り出して、四口くらい飲んだ。口から離して一息吐き、もう少し飲もうともう一度口に付けた時だった。

チャイムが鳴り、無機質な音が部屋に響いた。コーラを吹き出し、むせ込む。

呼吸を落ち着かせる中、一定時間経つとまたチャイムが鳴った。

嫌な予感がする。一体誰だ、草野じゃないか？　まだ心の準備も出来てないのに。

むせてしまったため、声混じりに咳が出た。つまり、相手に自分の存在を示してしまったため、居留守は使えない。

出るしかない。

携帯電話を操作し、篠原の電話番号の画面で操作をやめる。後はボタン一つで篠原に発信するようにして、ドアに向かった。

震える息を吐いて、ドアを開ける。

開けてから、覗き穴を見ればよかったと後悔の念が頭を過ぎる。

「お、お待たせしました」

「くくっ、鈍いな。亀の方が幾分速いぞ？」

そこには黒いコートを着た篠原が立っていた。

緊張の糸が緩み、顔が自然と綻びる。

「篠原さん、脅かさないで下さいよ」

「まあ、そう言うな。学ぶべきことがわかったろうに？　まずチャイムで騒がないこと、あと覗き穴ぐらいは見るべきだ」

「な、なんで見てないってわかったんですか？」

「君は今、ドアを開けて僕を見てから安心したようだった。そこから察するのは容易なことだ」

全く、余計なところばかり見てるなこの人は。

「まあ、僕が近くにいることはわかったろう？　いざ来たら、今のようなヘマはしてくれるなよ」

篠原はけだるげに手を振り、その場を去る。

癪ではあるが、篠原に感謝しないとな。必要以上に慌てすぎだ。もっと冷静にならないと。

ドアを閉め、鍵を掛ける。部屋に戻り一応戸締まりを確認し、台所に置いたコーラを一口飲んで、ベッドに座った。

もう大丈夫だ。誰が来ても問題ない。……出来れば誰にも来てほしくはないが。

時間がゆっくりとだが、確実に過ぎていく。篠原が去ってから二時間が経過した。

「もう九時か」

もう来ないいんじゃないか？

欠伸をしながら、ベッドに寝転がる。緊張など大分薄れ、俺は比較的リラックスしていた。

だがテレビドラマが始まり、テレビに魅入っていた時だ。物音が聞こえた。

初めは気のせいかと思ったが、徐々に近付くその音がはっきりと足音だと気付いた時、血の気が引いた。

こちらに近付いている。間違いない。

動揺が心臓に伝わって、落ち着きを無くそうと鼓動が速まる。

足音が止まる。それは明らかに俺の部屋の前だった。

だが、そこから音沙汰が無くなる。

体が熱くなり、汗が顔から脇から流れ出てきた。

何分間かが経ったであろう、時計の針が動く音が聞こえた。

誰がいる？　空耳だったのか？

静かにベッドから降りた。動いたのがわかったのかチャイムが鳴り、俺は身を固める。

また静寂が戻ったところで、ドアに忍び足で向かうとまたチャイムが鳴った。

体が反応するのを最小限に抑えて、覗き穴を見る。

だが、何も見えなかった。

……なんで、何も見えない？　黒一色だ。

もしかして、誰かが穴を塞いでいるのか？

いや――。

違う、違う違う違う違う違う！

俺は絶句し、嫌な汗を滲ませた。背筋に虫が這うような気持ち悪さを感じる。

穴の向こうの黒には、光がある。動くのがわかるのだ。つまり、これは物か指で穴を塞いでいるんじゃない。見ているんだ。覗き穴の向こうから、こちらを。

知らなかったとはいえ、俺は覗き穴の向こうにへばりついている誰かの目を見続けていたということだ。

声が出ない、目が離せない。

相手が瞬きするのを見て、やはり目であることを確認した。

いっそのこと叫びたいし逃げ出したいが、体はすっかり恐怖の虜になっていた。動けない、いや動かない。

そうだ、篠原に電話しよう！

覗き穴から目を離し、震える手で携帯電話を操作するが、指先が言うことを聞かず、誤って携帯電話を落としてしまった。

絶望的な音が、静粛な空間に響く。

相手に聞こえるには十分な音だった。俺の頭が真っ白になり、時間が止まったような静けさが漂う。

時計が一秒一秒を刻む音だけ、部屋に浸透した。

相手の反応はいまだにない。

まさか、気付いていないのか？　そんな馬鹿なことはないだろう。

絶対に気付いている。そうに違いない。

どうする。とにかく携帯電話を拾うべきだ。

固い体を動かし、携帯電話を拾い上げる。画面は電話帳の画面で、篠原へはすぐに連絡出来る状態だ。

迷わず電話番号を発信する、はずだった。

「そこにいるんですね、花崎さん」

遂に悲鳴を上げてしまった。小さなものだったが、体が跳ねた拍子に、出してしまった。

草野がいる。すぐそこに、あの草野がいるんだ。

後退り、躓《つまず》きながら壁際まで下がると、耳に残る聞き覚えのある無機質な音が聞こえた。

カチャ、ガチャガチャ、という音。それは鍵を開ける音以外の何でもない音だ。

血の気が引いていくのが自分でもわかった。

「嘘だ」

呟くことしか出来ない。ドアを開け、草野が玄関に入る。そしてドアを閉め、鍵を掛けられた。

「こんばんは、花崎さん」

「どうして」

「鍵は、作りました」

心を読まれたのか、俺が聞こうとしたことの答えを言われてしまい、口を噤んだ。

草野は手に重そうな袋を持っていた。中にはゴツゴツしい物が入っているようだ。

あれは何だ。重量があるようだし、多分俺を始末するための鈍器だろう。

俺の人生はここで終わるのか？

草野が俺の目の前に立った。逃げ場のない、神の慈悲がない状況が生まれる。

「お、俺をどうする気だ。お前らの仲間にはならないぞ!?」

草野は感情の篭らない目で、俺を凝視する。そして目を見開くと、袋を持つ手を動かした。

「うわあああ!?」

殺されてたまるか。こんな所で死にたくない！

草野を押そうと手を突き出すが、逆に腕を掴まれ壁に押し付けられた。抵抗する俺に対し、草野の顔が俺の顔の間近に迫る。

「何を慌てているのですか」

「は、離せ！　お前の目的はわかってるんだぞ！」

「……それなら話が早いですね」

草野が微笑みを浮かべ、手に持つ袋を俺の右側頭部に付けた。

ひんやりとした何か硬いものが当たる。鉄か何かかと思ったが、耳に水が揺れるような音が届き、俺は思わず眉を寄せる。

「み、水……？」

「飲みましょう。朝まで徹底的に」

「は？」

草野が袋から取り出したものは、冷えた缶。金色の文字で、ビールと書いてあった。

「いや、あの、これは一体、どういう展開なんだ？」

「以前飲んだ時は、大して美味しく感じなかったのですが、不思議と飲みたくなったので貴方と飲もうかと」

「…………つまり、酒飲みに来ただけ？」

「はい」

気が抜けた。合い鍵まで作られ、逃げ場のない部屋に追い詰められたと思ったのに。殺しに来たんじゃないのか。そうだ、草野の様子はおかしかったが、酒のおかげで俺達を襲ったことは記憶していなかったじゃないか。

思い出したのかと思っていたのは、俺のはやとちりだったらしい。

草野は買ってきたビールや日本酒、つまみを適当に床に並べる。

しかし篠原が言った通り、草野達は俺らの住所をしっかり確認しているのがはっきりとわかった。

草野は迷わずここにきて、勝手に合い鍵まで作っているからな。

俺は壁に立てかけていた、足を折り畳んだ小さな黒いテーブルを手にとり、足を開いて部屋の真ん中に置く。

「お酒とかは、この上に置いて」

「はい。どうぞ」

差し出されたビールを受け取り、恐る恐る開けた。草野もビールを開ける。

各々飲み始める。草野は無表情で飲み続け、あっという間に頬が紅潮した。

酒に弱いな。また暴走しなければ良いんだが。

「花崎さんは、篠原さんと仲が良いですよね」

「ああ、まあ仕事仲間が彼しかいなくなってしまったから、必然的に話すようになりまして」

「私とも仲良くしてください」

「え、ええ。もちろん」

愛想笑いを浮かべ落ち着いているように見せつつ、その実俺の心が怯えていることに変わりはなかった。

草野は何がしたいんだ。予想出来ないし、今この時さえどうすれば良いのかわからないぞ。

突然何をされるかわからない。それが怖くて仕方がなかった。

「そ、そうだ。篠原さんも呼びませんか？　三人で飲んだ方が楽しいですよ」

「……いえ、私は花崎さんと飲みたいのです」

酒の入った女には、魔性の魅力が宿るらしい。潤んだ目に見つめられ、俺は頷いてしまった。

念を推しておけばよかったものを、自分から救世主を自然に呼べる好機を捨ててしまうとは、不覚だ。

ビールを飲みはするが、全く酔わないのは緊張しているせいだろう。反対に草野はぐいぐいと飲んでいく。

「まだまだありますよ。遠慮せずに飲んでください」

「は、はい、いただきます」

無理に持っていた缶ビールを飲み干した。草野はそれを見て満足げに頷く。

「工場のお仕事はどうですか」

「まあ、一生懸命お勤めさせていただいてます」

「……働いていて、不審に思ったことはないですか」

「えっ？　いや、あの、何を？」

「勝手にいなくなった人達について、製造しているものについて、とか」

「いや、別に興味なんか……。なぜ、そんなことを聞くんですか？」

草野は缶をテーブルに置き、四つん這いになって俺に近付くと、俺の耳元に唇を寄せる。

「知ってる癖に」

冷たい声が、耳から頭に潜り込む。

「し、知ってるって、何を？」

「貴方は、彼らに会ったし私に嘘をついていた。そうでしょう？　私の正体も、知っているんでしょう？」

頭が凍りついた。草野が俺の目を覗き込む。

「あの人と、工場に忍び込んでましたよね？」

「あれはっ、その」

「工場の秘密を知った後、今度は何を企んでいるんですか？」

「企みなんかない！」

「嘘ですよね」

言葉に詰まる。見抜かれている、追い詰めてくる。

「勝手な推測だろ！」

「そうでしょうか」

「そうだよ！　俺は何も知らない！　草野さん、あんたが酔うとろくなことがない。大した用がないなら帰ってくれ！」

頭に火が点き、俺は怒鳴りちらした。苦し紛れの虚勢であり、草野は眉一つ動かさずに俺の目を見つめ続ける。

全く動じない草野に対し、怒鳴った後の俺は当惑して支離滅裂な罵声にもならない言葉を紡ぐ。

自分でも何を言っているのかわからない。だが、口は止まらなかった。

動揺を隠したいのか、喋ることで彼女への恐怖心を紛らわせたいのか。あるいは両方かもしれない。

草野が微笑む。

その一つの動作で、俺は声を枯らした。逃げようと壁に背を押し当てる。

「な、なんだよ。なんで笑うんだよ」

不意に影が視界を覆う。それが手だと気付いた時には草野に顔を掴まれ、壁に押し付けられた。

鈍い音が頭に響く。

じんわりとした痛みが後頭部に広がる。だがもがく暇もなく、草野の力が強まり俺は声ならぬ声を上げた。

「最期のお酒は美味しかったですか？」

最期。草野はおれに最期の晩餐がわりに酒を飲ませたというのか。

――殺される。

篠原を呼ばないと。携帯はどこだ、視界が狭くてわからない。

いや、携帯よりもまずはこの状態をなんとかしないと。

俺の頭を掴む草野の腕を握り締め、離そうと力を込めるがびくともしない。

抵抗しようにも草野は足にまたがり、腕以外が動かないようにしている。

草野の冷たい手が、顔から首に移る。

本格的に殺しにかかってきた草野に対し、俺は体をよじって暴れる。

しかし草野は離れない。逆に首を絞める力を強める。

顔が熱くなっていく。気管が圧迫され、満足に呼吸が出来ない。

草野の力は女のものではない。以前工場でも首を絞められたが、あの時は不意打ちを喰らった結果だと勘違いをした。

「もう少しで楽になりますよ」

遠くから草野の声が聞こえた。目の前が暗転していく。

力が抜けていき、掴んでいた草野の腕から手が外れた。

ああ、駄目だ。全てが終わってしまうらしい。

朦朧とする意識に逆らえず、目の前の死神が朧気に薄れる。

「お休み」

そんな声が、聞こえた気がした。

日数不明

寒い。そして、臭い。

目を開けると、俺は台の上に寝ていた。

口にはさるぐつわがはめられ、手足はベルトらしいもので拘束されており身動きが取れない。

俺、生きてるのか？

辺りを窺う。鼻が曲がるような臭気を感じながら、今いる部屋の異常性に気付いた。

正方形の部屋であるのは普通だが、壁に夥《おびただ》しい数の刃物と鈍器が掛かっている。

篭った悲鳴を上げ暴れるが、体が台に固定されて芋虫のようにのたうちまわることしかできない。

動く内、床が見えた。そこには無数に何かが転がっている。

紛れも無い、人間の頭部だった。

嗚咽を漏らしながら、ひたすらにのたうつ。

このままだと、俺もあれの仲間入りだ。何をされるんだ？　鈍器で潰され、刃物でバラバラにされるのか？

喉に込み上げるものを堪えながら、俺は必死に生きる道を探す。

その最中、どこからか足音が響いてきた。俺は目を閉じ、狸寝入りを決め込んだ。

音が近付き、この部屋のドアが開いた。耳に障る嫌な音だった。

足音が俺の間近で止んだ。微かに息遣いが聞こえる。俺の横にいて、俺を見つめているのか。

生殺しにされている気分だ。俺はこれから何をされるんだ、材料としてどうなるんだ？

焦りと恐怖が混じり、額に汗が滲んできた。

誰かがそれを拭い、そしてさるぐつわが外された。その際に瞼がぴくぴくと動いてしまったが、それでも目の前にいるであろう誰かは何も言わない。

俺が起きていることを知っているんだ。

意を決して目を開けるとそこには、草野が立っていた。

「よく眠れましたか？」

「……おかげさまで」

「そうですか」

嫌な沈黙が訪れる。耐え兼ねて俺が口を開いた。

「俺をどうする気だ？」

「当然、加工します」

「加工って……」

「立派になれますよ」

「ふざけんなよ。立派になんかなれなくてもいいってんだ！」

拘束された台を揺らし、最後の抵抗を試みる。

「無駄な足掻きはやめてください。みっともないですよ？」

「五月蝿《うるさ》い！」

がむしゃらに暴れるが、体力だけが浪費されていく。

そんな様子を見ていた草野は、おもむろに歩み、俺の首の横に風を切る鋭い音を立てて、銀色に光るものを突き立てた。

「静かになさい」

心臓が暴走する。だが体は反対に静まり返り、微動だにすることが出来ない。

ナイフを台から引き抜き、草野は微笑んだ。

「今、人が出払っています。だから戻ってくるまで待っていて下さいね」

……人が出払っている。なぜだ？

もしかして、篠原が追われているのか。

考えようにも脳はあまり機能しない。恐慌している今の頭では、とても冷静に物事を考えられないでいた。

落ち着け、落ち着け！　まだ時間はある。いつ終わりが来るかはわからないけど、まだ時間はあるんだ。

草野は無言で俺を見つめ、その手にはナイフを持っている。

会話だ、草野に少しでも隙を見つけろ。そこを突くしか生きる道はない。

「お、俺の加工作業には樋口さんやお父さんとやらは来るのか？」

「どうでしょう。何やら、樋口さんは忙しいようでしたが」

そう言えば、樋口さんは仕事をたったの数時間で強制的に終わらせていた。

そうだ、工場側に何かあったんじゃないのか？　人が出払っているのもそのせいかもしれない。

それをネタに、会話しろ。脳を動かして、現状打開の方法を考えるんだ。

「工場は今、大変みたいですね？　やっぱりあの件が問題になっているんじゃないですか？」

「………知っていたんですか。そうですね、問題になっていますよ」

俺は、あの件、など知らない。知ったかぶっただけだが、食いついた。

「軽率な行動でしたね」

「ええ。警察が動くかもしれませんが、だからといって助けが来るとは考えない方がいいですよ」

警察が動く？　一体何をやらかしたんだ？

だが人目を避けるこいつらにとって、致命的な何かが起こっているようだ。

「……ふん、完璧なことなんかこの世にはないってことだ」

「そうですね、予想外でしたよ。人形が車に轢かれて死ぬなんて、思いもしませんでした。樋口さんには問題の処理に奔走してもらっていますが、勝手に人形を動かすなと叱られてしまいました」

……なんとなく、状況が見えてきたぞ。

草野の話だと、恐らく昨日の騒動の最中に人形が一体、事故に遭って死んだ。樋口が急遽仕事を中断したのは、この件を知って事の処理に当たるためか？

問題事の確認であったり、事故なら目撃者の捜索や、通報される懸念もあるから警察の動向も気になるだろう。その懸念をなくすために動員しているから、人形が出払っているのではないか。

なら、逃げるチャンスは今だ、今しかない。だが昨日の一件もある。そう長いこと人形が離れることはないはずだから、この隙に急がないと。

「樋口さんは、さぞ焦ったんだろうな」

「ええ、まあ仕方がないことですが。まあ、また直せばいいことです」

「簡単に言うな。だから君は焦っていないのか」

「……そうでしょうか」

草野が目を伏せた。何か思考しているらしい。

この隙に拘束をなんとか出来ないか、周囲を見渡す。

力では引きちぎれない。なんとか出来そうなものはないだろうか。

……駄目だ、何もない。

苦々しい思いの中、足音が聞こえた。

それに、何かが軋むような音がついて来る。

人形達が来たのか。

音が近付く度に呼吸が苦しくなる。心臓はもはや休む暇もなく高まり、汗が体の各所から流れる。

ドアが開いた。まず出て来たのは樋口さんで、後に続いて車椅子に乗った何者かが入ってきた。その車椅子を押すのは、人形と化した皆川さんだ。

車椅子に乗っている人物を見た時、俺は目を疑った。車椅子には土色の肌をした、ミイラが座っていたからだ。それが衣服を着た、つぎはぎの男性だと気が付くのに時間がかかった。

「な、何ですか。それ」

勝手に口から漏れた言葉に、草野が反応する。

「お父さんです。私の、お父さん」

「……え」

これが父親？　嘘だ。だって、どう見てもこの人は死んでいるじゃないか。

「お父さん、この人が花崎さんです。え？　誰だったかって、ほら、私が無理言って皆を使って追わせた人ですよ」

草野は楽しそうに、父親に語りかける。一言も喋らない屍《しかばね》に。

我が目と耳を疑い、俺は我に返るまで呆然としていた。

視線を樋口さんに移すと、彼はそんな草野に対して酷く辛そうな目を向けている。

「……真由美。どうやら親父はお前と話したいみたいだし、皆川連れて外出てろ」

「はい、わかりました樋口さん。……いいえ、兄さん」

真由美に、兄さん!?

「兄妹《きょうだい》……？」

「ああ、そうだ」

呟いた疑問に、樋口さんが答えてくれた。

草野達が部屋を出ると、樋口さんは近くの壁から斧を手に取った。

俺に近寄る。怯みかけたが、心を強く持ち、樋口さんに話し掛ける。

「貴方は人間ですよね？」

「……ああ」

「じゃあ、もしかして草野さんも？」

「ああ、人間だよ」

「だって、製造番号を持って……」

「製造者が、人形に与える製造番号を持っていて不思議があるのか？」

あの異常な女が、人間だというのか。人形ではなく、血の通った人間――!?

衝撃が心に撃ち込まれ、震える息を吐く。

「貴方達が、この工場を？　あの人形を造っていたんですか!?」

「ああ、そうだ」

樋口さんが斧を振り上げる。腕が動く前に、俺は樋口さんの目を見つめた。

「あの老人が、人形を造ることに関わっているんじゃないですか？」

樋口の動きが止まり、そして腕を下ろした。

「よくわかったな。はっ、馬鹿げてるだろう？　兄妹揃って、何してんだか……」

樋口の顔が陰る。俺は更に聞き込んだ。

「お父さんの肌には、何度も繋ぎ合わせたような縫い目がありました。あれは、もしかして体を治そうとした跡では？」

「ああ、真由美がな。もう一度、親父が動けるようにしないとって言って、何度も他人の腕や体を付け替えた跡だよ」

「他人の？」

そこで、俺の頭に光が差した。

「この工場に働きにきた人達の……？」

「そうだ。お前達の体は、親父の新しい体になるんだよ。真由美の中では、な」

「俺そっくりの人形の材料になると思っていましたよ」

「ああ、それも間違いじゃない。体の余りを使うからな」

余り。

その言葉に、胸の奥がざわめいた。

「死んだ父親を蘇らせようと、こんなことを」

「――死んでねえ」

「え？」

話の最中に有り得ない言葉を聞いて、俺は呆気に取られた。

「死んでねぇんだよ、親父は。いや、死人として見たら駄目なんだ」

「な、どういうことですか？」

「真由美にとっちゃ、まだ親父は生きてる存在なんだよ。だから死んでねえんだ、俺が認めたら駄目なんだよ！」

初めて見る、樋口さんの人間らしい一面。顔を赤くし、必死に自分に言い聞かすような怒号だった。

樋口が斧を振り上げる。鈍い輝きが、点滅する蛍光灯の下に煌めく。

「死んだ人間は、蘇りません」

「まだ死んでない。親父にはまだ、まだ生きて貰わなきゃ困るんだよ！　だから、お前の体を寄越せ!!」

斧の分厚い刃が、俺の頭上で光った。

もがくことも出来ず、俺はただ訪れる死を追い返すことが出来ないことを悟り、目を見開いた。

樋口の怒声と共にドアが開いた。樋口が振り向く間もなく、現れた人物に顎を殴られ、壁に倒れ込んだ。

呻く樋口を見下ろすのは、短髪で目の下にクマがある男。誰ならぬ篠原だった。

「くくくっ、囮ご苦労様」

「篠原さん！　なんでもっと早くに助けに来てくれないんですか！」

「おや、君には囮を頼んだはずだが？」

「いや、草野さん捕らえるとか言いつつ、結局俺が捕まったじゃないですか！　なんで草野が家に来た時に助けに来てくれなかったんですか!?」

篠原は嫌味な笑みを浮かべ、立ち上がった樋口を見据える。

「篠原、どうやってここに……」

「くくっ、気付かないとは滑稽だ。草野がこいつを連れ出す際、当然人手を要する。なぜか？　人を一人連れていくのは想像以上に力がいるからだ。それはつまり、ここの警備が手薄になるってことだろう？」

「花崎を囮に、まんまと侵入していた訳か」

篠原がちらっと俺を見遣る。そして小さく笑った。

こいつ、初めからその気だったな！

あと一歩で死ぬところだった。一生分の恐怖を味わったような気持ちを怒りに変えて、篠原を睨みつけた。だが見事に無視される。

篠原の目付きが鋭くなった。何事かと思えば、樋口が斧を振りやすいように、剣道でいう中段の構えを作っていた。

「うおおおお！」

野獣のように、樋口が篠原に襲い掛かる。力任せの攻撃を篠原が避けると、斧は壁に掛かる武器に当たり、掛けていたものが床に落ちて銅鑼のように鳴り響いた。

そのせいで、耳に消えない違和感が残る。

篠原は床からナイフを一本手に入れると、一気に樋口に襲い掛かった。

樋口は危なげにナイフを避けるが、篠原はそのままナイフを捨て、走った勢いで体重を乗せた回し蹴りを樋口の脇腹に打ち噛ました。

樋口は避けられず、よろけながら壁に手をつく。だが斧は固く握りしめたまま、離さない。

篠原は再び樋口と距離を保った。

苦悶の表情を浮かべながら、樋口は篠原に向かい猪突猛進し斧を振り回す。

篠原はそれをかわし、突然樋口の方へ一歩踏み出して体をひねると、斧を振り落とした樋口の腕を掴み、背負い投げた。

樋口の巨躯が宙を舞い、重々しい音が部屋に響く。斧が悲しげな音を立てて床に落ちた。

「ぐ……!」

「肋骨ぐらいは折れたかもしれないな。しばらく寝ていたまえ」

樋口は体を震わせて起き上がろうとするが、結局起き上がれずに荒い息を吐く。

篠原はその様子を見てから斧を拾い、そして俺の寝る寝台に近寄ると、自身の頭上に斧を振り上げた。

「し、篠原さん?」

篠原は口元を歪めて笑う。そして斧を振り下ろした。

寝台に斧が勢いよく音を立てて刺さる。そして、少し俺の体が楽になった。

「くくっ、動くなよ。手元が狂えば君から赤い花が咲くことになるぞ」

「は、はい……」

もっとマシな武器はないのか？

そう思っていると、台から解放された。篠原は武器を換えて手足の拘束を解いてくれ、ようやく俺は自由になった。

「助けてくれて、ありがとうございます、篠原さん。でも、一発殴らせて下さい」

俺は恨みつらみを込めた拳を、胸辺りで握りしめる。

「くくっ、恩人に向かって何を言う」

「恩人って、俺を囮に工場に忍び込むなんて、酷いじゃないですか！　あと一歩で死んでましたよ！」

「おや、囮が君の役目だったろう？」

「草野捕らえるって話でしたけど？」

「予定は未定だ」

心の底から苛立ったが、ここは大人になって冷静に怒りを堪えた。

「もういいです。早く逃げましょう」

「残念だが不可能だ。あの人形の群れの中、逃げ切る策はない」

「えっ、じゃあどうするんですか？　まさかこのままここで死ねとか言わないですよね⁉」

「……くくっ、君次第だ」

篠原は口でこそ笑うが、目は真剣そのものだ。

篠原は樋口に寄る。俺は篠原の後ろから樋口を覗き込む。

樋口は汗を顔に滲ませ、俺達を睨みつけた。彼が動けない、とわかっていても、その迫力に俺は内心で震えた。

「話して貰おうか。君達の目的を」

樋口は口を閉ざしたまま、俺達から視線を外して天井に目を向けた。

沈黙が続き、緊張が張り詰める。

居づらい空間だ。はっきり言って逃げだしたい。

生首による異臭、そして薄暗い部屋が余計に恐ろしさを増長させ、俺は落ち着けず頻《しき》りに頭を掻いたり、体を動かす。

「……数年間、俺の生活は汚れていたよ。人の血でな」

樋口の発言に、体は過剰に反応した。慌てた自分が恥ずかしくて、俺は目を泳がせる。

「俺と真由美はガキの頃、殺人現場を目撃した。……お袋が祖父さんを殺した現場を、だ。それが起点だったのかも知れねえな。お袋は昔から情緒不安定だった。十二だった俺は、いつかこうなる時が来るかもしれないってどこかでわかってた。だがお袋は捕まらなかった。ガキの俺らを使って、祖父さんの死体を埋めて殺人を隠蔽したからな」

「……続けたまえ」

「その日を境に、お袋はさらにおかしくなった。俺達に暴力を振るったり、虐待的なことが日々エスカレートしていったんだ。そんな俺達を助けてくれたのが、親父だった。親父はここの工場長で、俺達にとっちゃ唯一無二の存在だった。真由美の奴は、もうべったりだったよ。幼い頃から甘えられたのは親父だけだったしな……」

樋口の目が和らぐ。

「だが、真由美が十四、俺が二十二の時だ。もともと、祖父さん殺害時から真由美もまた言動と行動が妙な時があったんだが、その事件で完全に壊れちまった」

話の流れから、俺はうっすらと先を読んだ。自然と視線を落とす。

「俺が親父の工場で働いて、帰宅した時だ。親父はその日、風邪で工場を休んでいたから、珍しく家族団欒の日だと思っていたよ。笑ってる真由美と、風邪で苦笑いしている親父を見れると思った。だがそんな平穏なものは見れなかったんだよ。——見れる訳、なかったんだ……！　俺が居間に入って見たのは、血まみれの肉の塊と、真由美にまたがって、首を絞めるお袋だった」

驚愕的な事実に、俺は思わず手に力を込めた。

草野は母親に殺されかけたのか。

「助けようと必死だった。まだ死にもがこうとする真由美の手が見えて、気が付いた時には……俺がお袋の首に腕を回して殺していたよ」

「……それが、君にとって最初の殺人か」

「ああ、肉親を救うために、肉親を殺したんだ。……真由美は助かったが、完璧に壊れちまった。何話しても無反応で、人形みたいになってよ。俺はそんな妹の前で死体を処理してた。頭がいかれそうだったさ、大事な妹の前で死んだ親を引きずってんだ。でも、親父を片付けようとした時、真由美が突然反応したんだ。『兄さん、お父さんはまだ寝てるんだから、起こしちゃ駄目だよ』ってな」

「で、でもお父さんは……」

「誰がどう見ても死んでたよ。全身ずたずたで、近くに血まみれの包丁が落ちてた。だけど、そんな証拠があろうが真由美は親父がまだ生きてると言って聞かない。お父さんがなんだか苦しそう、助けてあげて、とか、体に穴が空いて痛そうだからなんとかしてあげて、とか言ってな。だから俺は、真由美の言葉を実現することにした」

「実現って、何をしたんですか」

「簡単だ、親父を治しただけの話だよ。お袋から肉を削いで、親父の傷に当てて縫い合わせたんだ。そしたら真由美は、無気力だった顔だったのが嘘みたいに、笑ってくれたんだよ。お父さん、もう痛くないねってな。だから俺達は、いや俺は、真由美が笑っていられれるようにしなくちゃならないと思った。工場という拠点を作り、親父が生き続けられる環境を作り上げたのもそのためだ。だがもしも殺人が露見した時、俺が責任者だとそこで捕まって終わりだ。スケープゴートがいるほうがいいと思った。そこで選んだのが、親父の部下だった山村だ。俺は親父が山村に工場について話がある、と嘘で家に呼び出した。のこのこやってきたあいつに親父の死体をそのまま見せて、驚いた隙に背後から拘束した。そのまま親父の部屋で監禁してやったよ。解体して、冷凍庫と冷蔵庫に詰め込んだお袋を解凍して無理矢理食わせたり、目の前で肉を親父に継ぎ足して見せたり……。大体真由美に任せていたが、あいつの心が折れるようなことをいくつかやったようだ。最初は抵抗してたが、今ではすっかり従順になった」

狂っている。この人も、草野も異常な考えを持っている。

正直に言って、樋口と草野の身の上話には同情している。だが、だからと言って人を犠牲にしていいはずはない。彼らにとっては、他人は父親を治すための、只の材料。

樋口にも、草野にも、人としての良心と常識はないのだ。彼らはひとつの目的のために、心を失ってしまった。

そのことが悲しくて、何よりも恐ろしかった。

樋口が仰向けからうつ伏せになり、俺達の方へ這いずってきた。苦しげに呻き、鬼気迫る顔で近寄る姿に、俺は慌ただしく後ずさる。

そして樋口は床に落ちていたバタフライナイフを拾うと、刃をこちらに向けた。

篠原と俺は身構え、樋口から離れる。そんな俺達に、樋口は不適な笑みを見せた。

俺が何の意味かわからずに立ち竦んでいると、何かに気付いた篠原が樋口に駆け寄る。

だが篠原がたどり着く前に、樋口は自分の首にナイフを突き立てた。

あまりに唐突な自殺だった。樋口は口から血を吐き出し、残念だったな、とでも言いたげに微笑み、声ならぬ声で囀《さえず》るように笑いながら絶命した。

絶句する俺を、篠原はズボンのポケットに手を突っ込み、何事もなかったように見つめる。

「行くぞ」

急がなければ危ないのはわかる。だが、俺は動くことが出来ずにいた。

今までだって、自分に危険が迫って恐ろしい目に遭ってきた。でも、それでもまだどこかで、これが現実なのかわからない時があった。でも、今はっきりとわかってしまった。

この工場では、本当に人が死んでいて、血を流しているのだと。

俺は足下で息絶えた亡骸を見て、胃の奥から込み上げる酸っぱいものを我慢することが出来ずに、部屋の隅にそれを吐き出す。

嘔吐感が止まらない。目の前で人が死ぬことが、こんなにも精神を圧迫するとは思わなかった。樋口の最期が目にこびりつき、どうしても頭から離れない。

「出すもの出したなら、さっさと行くぞ」

「し、篠原さんはどうして平気なんですか⁉」

「くっ、他人の死など気にするものではないからだ。死人のために足を止めるな、そのまま道連れにされるぞ」

気にするなって？　無理なことを言うなよ、死んだ、死んだんだぞ。首にナイフを自分で突き立てて、血を吐いて……。

「どうして、貴方はそう淡々としていられるんですか」

「場慣れ、そして……。そう、心の違いさ。ここまで踏み込んだなら、ある程度の覚悟はしておくべきだった。だが君はそれを怠ったのだ、当然いざというときには差が生まれるさ」

篠原の顔にいつもの笑みはなく、俺を軽蔑の念を込めた目で睨み付けた。

言葉に詰まり、俺は篠原から目をそらした。だが篠原は俺の頭を掴んで、無理矢理視線を合わせてくる。

「逃げられるとでも思っているのかね？　君は呑気な頭をしているな。ここまで来たら、逃げることだけを考えたまえ。余計なことを考えて立ち止まれば、僕達は捕まり、未来永劫あの爺さんと人形として生きることになるんだぞ」

「それは、わかってますよ。でも……」

「くくっ、渋るなら、そこで吐いていたまえ」

篠原は俺を置いて、さっさと部屋を出て行ってしまった。間を空けて、俺は樋口の死体を一瞥してから、篠原を追いかけた。

篠原を追うと、ドアのすぐ向こうに居たらしく危うくぶつかるところだった。彼はにやつきながら、俺を注視する。

また、こいつに上手く乗せられた気がする。

「くくくっ、次は待たないからな」

「はあ、貴方には勝てませんよ」

おかげであの部屋から出れたけど、どうにもこの人には助けられたと思えない。

篠原を先頭に、二人で歩む。通路は狭く、薄暗い。

入り組んだ道はひんやりとした空気が流れていて、肌寒さを感じた。

「あの、篠原さん。ここはいったい……？」

「ここは地下だ。工場の倉庫に、さらに奥へ続くドアがあったろう？　あの向こうがここに繋がっていた訳だ」

「出口は何処なんですか？」

「さて、わかりかねる質問だ。出口より、まずは草野を捜すべきだ。全ての元凶である彼女を」

反論しようにも、草野の名が出て俺は押し黙った。

そうだ、ここから出るにも何をするにも、彼女を止めなければ。……この悲惨な連鎖を断ち切らなければならない。

とはいえ、彼女一人ならまだしも、ここには人形という多数の敵が蠢いている。容易なことではない。

「……お父さんとやらは、一体どこにいるものか」

「それなら、草野さんがどこかに連れていきましたよ」

「なぜ君がそんなことを知っている？」

篠原に捕まっていた時のことを伝えると、彼は口端を掻いた。

「ふむ、ならば好都合だ。君には囮の才能があるようだな」

「それ、誉め言葉としてはおかしいですよね」

俺の突っ込みを鼻で笑い、篠原は奥へ奥へと進む。早足の篠原に若干の遅れを取ったが、俺もなんとか追い付く。

「一応説明すると、草野達はここに居住しているようだ。今までは人形共同様に倉庫で寝ていたものだと思ったが、この地下の存在、そして人間にしてこの工場のリーダー格ならば話が変わる。奴らには専用の部屋があると推測される。つまりは奴らのお父さんとやらにも専用の部屋がどこかにあるはずだ」

そこから考えるに……。

「あの、篠原さん。言いにくいんですけど、多分草野さんの父親の部屋過ぎてます」

篠原が立ち止まり、じっとりと張り付くような、嫌な目で睨む。

「どういうことかね？」

草野が篠原が来る少し前に居なくなったことを伝えると、篠原は見せつけるように溜め息を吐いた。

そして何も言わずにあっちに行けと手を振り、俺に反転を促した。

道を戻り、あの加工室の近くを曲がる。すると奥に複数のドアが見えてきた。そのうちの一つが、僅かに開いている。

ドアに近付くと、囁くような話し声が耳に届いた。篠原と顔を見合わせ、俺達は足音を殺してそのドアの脇まで接近し、聞き耳を立てる。

「そう、それで……が……」

女の声だ。恐らくは草野だろう。

彼女が楽しそうに語る相手は、彼女の父親に違いない。何も語るはずのない屍だ。草野の耳には、一体どんな言葉が聞こえているのだろう。

部屋を見遣ると、車椅子に座る死体と、それに向かい合う形で置かれた背もたれのない椅子に腰掛けた草野がいた。それ以外は何もない部屋で、部屋を照らす切れかかった蛍光灯だけが部屋を彩っている。

さすがに、いきなり飛び込む訳にはいかない。少し様子を見よう。

篠原も同じ考えらしく俺と目を合わせると、手の平で動くな、と合図した。

草野は、俺達には気付いていない。ひたすらに父親に語りかけている。いや、彼女には父親の声が聞こえるようだし、一応会話していると言うべきか。

興味本意で聞き耳を立てる。単純に、彼女が父と何を喋っているのかが気になった。

「そうだね、やっぱり……がいい？　兄さんはどうしても駄目って五月蝿いの。でも、私も……はあった方がいいと思うのよ。だってあれがないと動けないもの」

肝心な部分が聞こえない。何があった方がいいんだ？

「あはは、そんなに焦ったら駄目だよ、お父さん。すぐに手に入るよ、お父さんにあった、特別な心臓」

心臓？　確かにそう聞こえたが、空耳だっただろうか。いや、彼女は確かに心臓と言った。草野は父親に、心臓を入れようとしている。

そう理解した直後だった。俺は背筋を、死神に撫でられた。かの加工室で味わった死の恐怖がまざまざと甦る。

彼女が、こちらを向いたからだ。明らかに俺のいる方を向いて、なおも微笑みながら父に語りかける。

「きっと、これでお父さんは動けるようになるよ。あの人の心臓、腕、足、髪の毛の一本全てお父さんのものになるんだから」

気付かれているのか。それとも今頃俺が解体されて、間もなく兄がバラバラの俺を持ってくるのを待ち望んでいるだけなのか。

何より恐ろしいのは、彼女は笑いながら人の死を待っているという点だった。草野には悪意がない。それが正しいと思っているから、躊躇うことはないのだ。だからこそ、俺は彼女が心底怖くて仕方がない。彼女に見つかることが、いやここに居る時点で生きた心地がしない。俺の心は限界だった。

俺はふらりと部屋に入る。草野は驚いたような顔も見せず、微笑んだ。

「こんばんは、花崎さん。今の話、聴いちゃいましたか？」

「なんなんだよ、お前達は！　もういい加減にしてくれよ、狂ってるぞお前ら‼」

「何を、怯えているのですか」

「怖いに決まってるだろ！　殺されかけるわ、目の前で人は死ぬわ、もう沢山だ！」

そうだ、これ以上ここに居たくない。聴きたくない、感じたくない！

「安心してください。もうそんなこと、感じることもなくなりますよ。ねぇ、お父さん」

「その人は何も語らない。わからないのか？」

「……言っている意味がわかりません。お父さんは、さっきからずっと話しているじゃないですか」

駄目だ。彼女に話し合いなんて無意味なのかもしれない。

どうする。どうすれば、この事件を終わらせることができるんだ。

「花崎さんには、お父さんの声が聞こえていないのですか」

「生憎、何も聞こえません。死人に口なし、という言葉を聞いたことはありますか？」

「さっきから、お父さんが言うんです。早く欲しい、早く早く早く早くって」

草野は、ポケットから折り畳み式のナイフを取り出した。刃を見つめながら、口を開く。

「兄さんは何をしているのでしょう。早く解体したものを持ってきて欲しいのですが……」

「解体？」

もしかして、草野は俺が人形になっていると勘違いしているのか？

草野が椅子から立ち上がり、ナイフを手に俺に近寄る。俺は身を固めながら、その動向を窺った。

草野は、目の前で止まったまま動かない。ただ黙って俺の目を見つめている。

少しの時間が、その状態のまま経過した。体感的には五分前後だろうか。

やがて、草野は何かを考えついたらしく俺に背を向けて父親に近寄った。

「お父さん、兄さんが遅いから、ちょっと様子を見てくるね。……花崎さん、ちょっと父をよろしくお願いします」

「え、ああ……」

草野は緩慢な動きで部屋を後にした。俺は草野が座っていた椅子に腰かける。

草野の父親と向かい合うと、鼻につく濃厚な腐臭に気が付いた。只でさえ嫌な臭いが漂う地下で、これほど臭うとなれば随分と熟成されているようだ。

土色の皮膚に挟まれた目は、少しだけ開いている。直視出来ずに顔を背け、入り口の方を見遣る。

篠原はどうしたろう。まあ、恐らく草野が動くと察して、どこかに身を潜めたのかもしれないな。出てこないのは、多分だが草野がいる方向に逃げてしまったからだろうか。

今頃草野は、兄の死体を発見しただろう。彼女はそれを見て、どう思うだろうか。まず確実に言えるのは、俺がまだ生きた人間であると気付く、ということだ。

正直、もう心が疲れきっているためか、感情が沸き立たなくなってきている。

そのおかげか頭も冷えてきた。どうするかを考えよう。

……草野は女性だが、中々腕力が強い。真っ向勝負なら力負けはしないだろうが、隙を突かれると勝てる自信はない。その上武器を持っているのだから、状況は最悪だ。今この状況ならば、逃げた方がいいかもしれない。

いや、駄目だ。俺が外に出るには、草野が行った加工室の前を通らなくてはいけない。鉢合わせになる可能性が高いし、何よりここは、篠原が言っていたが倉庫の奥にあったドアに通じる地下だ。つまりここを抜け出しても人形の群れがいる倉庫を通らなければならない。

逃亡は危険過ぎる。だが逃げなければ八つ裂きになって、この目の前の継ぎ接ぎ死体の一部になることになる。

なら、地下を逃げ回るのは？　いや、やはり地の利は草野にある。行き止まりに誘導されるのが落ちだ。ならば、動かないのが今ベストな選択だ。

父親が俺の側にいる以上、草野は過激なことは出来ないはずだ。

とはいえ、それも時間稼ぎにしかならないし、そもそも父親が人質になる保証もない。いざとなれば、椅子振り回してでもやるしかない。とにかく、耐えながら突破口を見つけなければ。

思考を遮るように、何かを引き摺るような音が聞こえた。それなりの重量があるのか、ズルッ、ズーッ、ズルッという妙なテンポの音だ。

椅子をガタガタと動かして、俺は父親を盾にするようにして身構えた。

やがて、開いたままの入り口に草野の背中が見えた。彼女の手が見えた時、俺の頭が凍りつく。

草野が入り口付近で手放したのは、腹の部分に斧が食い込んだ、血まみれの肉塊だった。手足と首がなく、血がいまだに切られた箇所から滲み出ている。そして、彼女はもう片手に男の頭部を持っていた。誰ならぬ、樋口の頭だった。

「ああ、重かった。全く兄さんったら、仕事中に寝るなんて緊張感がないわ。そう思いませんか、花崎さん」

「自分の、兄さんじゃないのか？　肉親を解体したのか!?」

「ええ、後でくっつけてあげないといけませんね。でも、今はこのままで反省してもらわないと。仕事サボった罰だよ、兄さん」

彼女は笑う。まるで、冗談で笑うように、軽い笑い方だった。

「さてと、花崎さん。じゃあ始めましょうか」

草野は樋口の腹に食い込んだ斧を引き抜くと、僅かに跳ねた返り血を頬から胸の辺りに浴びながら、刃を下にして柄を両手で握りしめる。

俺は固唾を飲んだ。俺が人形になっていないと気付かれたと察した。椅子と草野の父親を盾に徐々に近付く彼女を凝視する。

「すぐに終わりますから、じっとしていてくださいね？　お父さん、待っててね、もうすぐ手に入るから」

血の滴りが、すぐ側で音を立てた。

終日

嫌な輝きが、俺の前で光る。草野はもったいぶるように、静かに、ゆっくりと歩んでくる。

俺は椅子を手に、父親の後ろで身動きを取れずにいた。

父親を盾にしても、草野は躊躇う様子がない。やはり、彼女には常識的な頭はないようだ。多分、例え父親を斬っても治せるとでも考えているのだろう。

椅子で対抗するのは無謀と言っていい。だが何もないよりはマシだ。

短い時間の中、熱が溜まる頭をフル回転させる。

受け方次第では、椅子でも斧の一撃二撃くらいは受け止められるはず。斧の動きさえ止めてしまえば、なんとか対抗出来るのではないか。

武芸の心得なんかは全くない。器用な訳でもないが、とにかくやるしかない。

父親を中心に、我ながら情けないへっぴり腰で椅子を構える。草野は時折動きを止めつつ、何かを考える。

睨み合いが続く。俺が油断した直後に、この睨み合いは終了する。極限まで神経を張りつめ、草野の動きの全てに気を配った。

「怯えなくても、いいんですよ？」

「怯えてなんかいませんよ」

「どうして逃げるんですか、死ぬわけでもないのに」

「人間は必ず死にますよ。そんな凶器で斬られたら間違いなく、ね。現に貴方の家族は皆死んだでしょう!!」

「死ぬ……？　誰が死んだんですか」

「君の両親も、兄さんもです」

草野は小首を傾げた。何を言われているのかわからない、といった風だ。だが悩んでいる、考えているのなら、状況が変わるかもしれない。

「貴女がお兄さんを解体した時、お兄さんは何か言いましたか？　動きましたか？　何も言わず、全く動かなかったのではないですか？」

「動きはしなかったけれど、話してはくれますよ、ねぇ兄さん？」

「それはおかしいな。本来あれだけの出血をすれば死んでいるはずですし、何より彼は喉にナイフを刺して死にました。その上貴女に首を叩き斬られているのに、どうやって話したというのですか」

「どうもこうも、兄さんは口を開いて話していますよ」

少し視線を落とし、胴体の側に置かれた生首を見遣る。確かに口は開いているが、濁った眼に生気は最早宿っていない。

「貴女にだけ、話しているんですよ。そう、貴女の脳内でだけ」

「脳内？」

「草野さん、貴女に一つ質問します。父親の声が聞こえるなら、母親の声は聞こえますか？」

「お母、さん。お母さん、お母さん……。あぁぁぁぁああ！」

奇声を上げて、草野が襲いかかってきた。斧を振り上げ、勢いよく降り下ろす。俺がそれを避けると、草野の父親の右肩に刃が食い込んだ。

草野は何かに怯えたような顔だった。見開いた目で、明らかに狼狽している。

斧を引き抜くと、より荒々しく振り回した。俺はそれをなんとかかわして、部屋の入り口へと逃げ、そのまま入り組んだ通路に脱出して逃亡を開始する。

正直、草野を少しでも動揺させればいいと考えていた。人であるなら、そこに必ず隙が生まれるはずだからだ。

結果として逃げられたが、必要以上に荒ぶらせてしまった。やはり彼女に対して母親の話は禁句らしいな。

通路をひた走る。時折ドアがあるが、どこがどこに繋がっているのかがまるでわからない。だが、必ず出口はある。人形の群れには会わないことを祈りたいが。

背後から小さく、そして短い感覚の音が聞こえる。草野は走って追ってきている。

途中で道が別れ、選択肢は右か左か。迷う暇もない俺は、右へと曲がった。

そのまま走っていると、背後の足音が止まった。だが、すぐに音は戻ってくる。理由は簡単で、曲がった俺を見つけたからだ。草野はあまり遠くない位置にいるらしい。

麻痺しかけた恐怖が、沸々と心の底から沸き上がってくる。捕まれば、もう有無も言わずにミンチにされてしまうだろう。今の草野には、俺を殺すことしか頭にないはずだから。

篠原さんはどこにいるんだ。

「あぁぁぁあああ!! 聞こえる、お母さんの声が聞こえる! いや、いや、いやぁぁぁあ! 苦しいよ、嫌だよ、来ないでよ! ……ああ、どうしてこんな思いをしなくちゃいけないの? そうだ、花崎さんがいるからよ。変なことを言ったあの人が。消えろ、消えろ消えろ消えろ消えろ消えろ消えろ消えろ消えろ消えろ消えろ消えろ消えろ消えろ消えろ消えろ消えろ消えろ!!」

肉食獣に追われる力なき草食獣の気分は、きっと今の俺と同じことだろう。逃げ道もわからず、抗うべき術もない。捕まることが死に直結しているこの状況に、もちろん恐怖は湧くが、逃げなければならない、その思いが強く心を支配する。

細長く、点滅する通路が延々と続いている。終わりのない迷宮にでも紛れ込んだのか？

嫌な汗が体の各所から流れる。万が一のために持っていたままにしていた椅子が重くて、ついに背後に放り投げてしまった。

そのまま逃げるが、あるドアを通りすぎた時に、ドアが開いていて、その部屋の人影に気付いて足を止めてしまった。

車椅子に座った、枯れ木のような男と血まみれの物体が転がる部屋。紛れもない、さっきまで俺がいた部屋だった。

戻ってきてしまったのか。この地下はぐるぐると回るようになっているらしい。

そこで俺は、周囲が異常に静かなことに気が付いた。草野の足音がない。

追ってきていない？　いや、きっと地下のどこかにいる。俺を狙っているはずだ。

見えない敵が、同じ空間で同じ空気を吸い、互いに相手を探りあっている。心が震える。

脱出経路はわからない。だが、可能性としてあの時の曲がり角、左の道が倉庫へ通じているのかもしれない。

今の俺には、そこに向かうことしか選択肢はなかった。いつまでもこの空間で草野と鬼ごっこなんかしていたら、きっと俺は気が狂ってしまう。

焦っていた。一刻も早くここから出たくて、草野から逃げたくて、今すぐにでも走って出口を探したかった。

だがギリギリの状態で、理性を保つ。

もしも草野が、あの曲がり角に潜んでいたら？　その可能性は無視できなかった。考えなしに突っ込むのは、蛙が自分から蛇の口に入るようなものだ。

焦りに身を任せるな。考えろ、注意しろ。これはテレビゲームじゃないし、ましてやドラマでもない。

本当に自分の命が懸かっているんだ。

落ち着け、気を抜くな、思考しろ、自我を保て。

呼吸の音にも気を遣い、なるべく音が出ないように深呼吸をした。生臭い香りが口に篭るが、今の俺にはあまり気にならなかった。

周囲を窺う。音はないが、何か肌がピリピリとするのを感じる。

曖昧な表現しか浮かばなかったが、確実に激しい敵意と殺気を持った何かが、同じ空間のどこかにいると感じた。

視線は感じない。音もなく近付いているのか、それともどこかで俺を待ち伏せているのか。

慎重に、しかしなるべく速く歩む。程なく、あの加工部屋が見えてきた。

第一の関門だ。草野がここにいる可能性は低いが、絶対ではない。

耳を研ぎ澄ませ、ゆっくりとした歩調で進む。部屋のすぐ前で立ち止まり、様子を窺う。

ドアが閉まっているため外側しかわからないが、何ともなさそうなことを察して、ドアを通りすぎた。

中で武器を調達した方が良いだろうか？　いや、時間を削るのは得策ではないし、あの部屋には斧を受け止められるような物はなかった。止めておこう。

そのまま、狭い通路を進む。所々の蛍光灯が切れており、薄暗い。

加工室以外のドアが見えるたび、緊張がさらに強くなる。だが、それらを通りすぎるたびに、その心配は杞憂に終わる。

徐々に安堵の気持ちが強まるが、俺は必死に安心する自分を諌《いさ》めた。

楽観的な自分の頭が腹立たしい。

ここにいないなら、やはりあの曲がり角で待ち伏せている可能性が極めて高い。背後から追ってきている可能性も否定は出来ないが、俺はその可能性を切り捨てた。

狩りは、追うより待ち伏せた方が成功率が高い。

当然だ。獲物にバレにくい方が、確実に相手を捕獲出来るのだから。

そのまま進み、何事もなく問題の曲がり角が見えてきた。一定の距離を保って曲がり角を注視する。

左か右か。どちらかの通路に、草野がいるはずだ。

冷たい汗がこめかみを伝う。出会い頭に斧が振り下ろされると考えると、とても足が前に動かなかった。

いや、背後から迫っている可能性もあるのだから、前進も後退も出来ないと言うべきか。

後ろをちらりと確かめるが、一直線の道のため誰かくればさすがに気が付けるはずだと考え、前方へ視線を戻した。

やはり、あの角のどちらかにいるんだ。

意を決して、俺は前へ少しずつにじり寄る。些細な音にも気を配りながら、ついに曲がり角のすぐ近くまで寄った。

ここで、俺は眉根を寄せた。何か妙だ。

角に飛び出すと、そこに草野はいなかった。通路にもいないし、何より先程まで感じていた、張り付くような敵意を感じない。

草野が、この地下からいなくなった？

どこからいなくなった？ 可能性としては、俺が走りながら逃げている時だ。

逃げるのに必死で、音が聞こえてもそれが何の音なのかはあまり気にしていなかったし、十分にあり得ることだ。いや、ならばあの殺気は？ あれは慎重になった時に感じたじゃないか。

気を張りすぎていたために感じたのか？ いや違う、あの時には、まだここにいたのではないか？

……まさか、あの殺気を感じた際に、草野はすぐ近くに迫っていたのでは？

そこから何かを思い付いて、俺を直接襲うことを止めたとしたら、どうだ。

何をする気だ？

待てよ、そもそも出入口は一つなのか？ 他にもドアはあった。ドアだって、ドアノブの回しかた次第ではほとんど音は出ない。

もしも草野が、倉庫側のドアではなく他の出入口から工場へ上がったとしたら、何をす

る？　仲間を使う気か、それとも、俺を地下に閉じ込める気か⁉

周囲を窺う。人気は無く、不気味な静寂だけがそこにあった。

角を曲がって左の通路を進み、突き当たりにドアを見つけた。ドアノブを回すが、回す途中でノブが止まり、ドアが開かない。

やられた。地下に閉じ込められた！

ここで飢餓により殺そうというのか。くそっ、どうする？

待てよ、そうだ、篠原はどうしたんだ？　どこかのドアにいるのか、まさか、草野に発見されて……。

嫌な考えを、頭を振って払拭する。その際、フラッシュバックのように樋口の最後が目に浮かんだ。吐き気が戻り、脳が回転させられているような気持ち悪さを覚えた。

冷静になれ、俺の推理が正しいなら、出入口は一つじゃない。篠原を捜すついでに、この地下を探索して見ればいい話だ。

気のせいか、暑い気がする。焦りから、体温が上がっているのか？

通路を戻って、俺は真っすぐ進んだ。さっきは必死に逃げていたから、こちらの道はしっかり調べていない。

小走りで進むと、つんと鼻につく嫌な臭いを嗅いだ。目にも、赤い色が通路を覆っているのを捉える。

――燃えている。

俺の行く手は、燃え盛る火が遮っていた。近くのドアが開いており、中には、あの加工室で使うであろう拷問器具が仕舞われていた。そのなかで目についたのは、見慣れた赤いポリタンクだ。中には何かの液体が入れられており、直感的にそれがガソリンだと考えた。

焼き殺す気か！

通路を戻り、ひたすらに戻る。加工室を通りすぎて草野の父親がいる部屋まで戻ると、その付近にも火の手が回っていた。

空調のせいか煙があまり出ていないのは救いだが、このままではまずい。

部屋を覗くと、樋口の死体はあるが、父親はその姿を忽然と消していた。草野が連れ出したのだろう、やはり倉庫に繋がるドア以外にも、外に通じる出入口があったのだ。

そしてそれは恐らく、火の手が強まる目の前の通路の先にあったのではないか。

だとすると、完全に逃げ道を塞がれた。

暑い空気が肌に押し当たり、俺は熱に耐えかねて後ろに退がる。

まだ火の勢いは手を付けられない程のものではないものの、かといって簡単に消せるものでもなかった。

どうする。出入口は塞がれ、連絡手段もない。頼りの味方もどこかにいなくなり、正しく八方塞がりだ。

諦めることだけはしたくなかった。どれだけ無様でも、生にしがみついてやる。

最早、地下を調べる余裕はない。火は徐々に、俺に迫ってきている。今なら火はまだ勢いづいていない、いっそのこと火に飛び込んで、草野が逃げたドアを探すか？

いや駄目だ、自殺行為に等しい。確かに一時的なら火の中でも問題なく動けるだろう。だがあくまで一時的、そして一度限りの賭けだ。草野が逃げたドアがどこにあるかもわからないのだから、火中を右往左往して探すなど、文字通り飛んで火に入る夏の虫だ。

ならば、俺が逃げられるのはあの閉まった倉庫の出入口だ。……思えばなぜあそこは閉まっているんだろう。よく考えたら、草野がガソリンを手にして火を放ち、父親と一緒に脱出したなら、あそこのドアを閉めることは出来ないんじゃないか？

そうだ、あれは外側から閉められていた、どう考えても草野がやったのではない。

ならば誰がやった？　人形か、いや山村工場長か？　まさか、篠原か？

火のうねりがすぐ側に感じ、思考することに集中し過ぎていた自分に気が付いた。

犯人が誰でも今は問題じゃない。早く逃げないと。

悩んだ末に、加工室へと走った。中は相変わらず目を逸らしたくなるような光景が広がっていたが、俺は中に踏み込み、床と壁にある加工用道具を見渡した。

その中から、重々しい槌《つち》を手にして加工室を出ようとした。その際に、部屋の寝台下に転がるかつての職場仲間の首を発見し、足を止めてしまった。

ちょうど、三人が並んでいる。

俺は目を伏せて、槌を握る手に力を込めた。体が震えて、目頭が熱くなるのは何故だろう。

「全部、終わりますから。どうか安らかに眠って下さい。そんな苦しそうな顔、もうしないでいいですから……」

不思議と涙が出てきた。俺は少量流れたそれを袖で拭い、加工室を後にした。

火は大分広がり、猶予はなくなっていた。空調設備も最早意味をなさず、うっすらと煙が漂う通路を駆け抜ける。

咳き込みながら閉ざされた出入口にたどり着き、息を整える暇もなく力一杯槌をドアに打ち込んだ。

ドアは悲鳴を上げて、その腹に不格好なクレーターを作った。さらに槌を叩き込むと、ドアノブが弾け飛んで壁に当たり、勢いの割には大したことのない音を響かせて床に落ちた。

よし、開いた！

力任せにドアを開けると、少し歩いた先に階段を発見した。だがいざ近寄ると、熱気が一気に強まった。

違和感を覚えつつも階段を上る。そのたびに酷い暑さを感じ、俺は留めなく汗を垂らしながら階段を上りきり、ドアを開ける。

途端に、視界は赤一色に染まった。倉庫は火の海と化していたのだ。

突然のことに、足を止める。理解することに時間が懸かり、判断が遅れた。

「……て」

「え？」

急に目の前の火が揺らめいて、炎に焼かれた腕が無数に伸びてきた。俺は反応出来ずに、その様子を見つめる。

火中の中から現れたのは、人形の群れだった。ただし、皮は焼かれて骨部分が剝き出しになっていて、あまりに不気味だった。

俺の足がすくみ、思考は停滞する。

ようやく反応したとき、俺は悲鳴を上げていた。

「うわぁぁぁあ!? 寄るな、来るな！」

「ま、てぇ……」

あまりの恐ろしさに、俺は後退した際に足がもつれて転んでしまった。体を打ち、小さく呻く。

それでも這って逃げようとしたが、自分の来た道が階段であることを思いだし、動きを止めた。

「はな、さき、さん……待って下さいよぉぉ……」

猪上、いやだ、来るな、来るんじゃない！

迫る手の平。目を焦がすような焔。

今度こそ終わった、そう思った時、唐突に人の形をした炎が消し飛んだ。

「やれやれ、君は相変わらず臆病者だな」

赤い炎の中に、黒影として現れたのは篠原だった。焦げたジャケットを肩に羽織り、変わらぬ不快な笑みを浮かべているその姿を見て、俺は泣きそうになってしまった。

だがそんな姿を見せたくないので、意地を張ってそれを堪える。

「ど、どこ行ってたんですか！」

「くくっ、僕を放って、勝手に草野の前に飛び出したのはどこの誰だ？　何か策があってのことと思ってな。君が草野の注意を引いている間に、こっちをなんとかしに来たんだ」

「てことは鍵閉めたの篠原さん？　てかなんで燃えてるんですか⁉」

「事務室に行って僕達の個人情報を処分してから、君の所に戻ろうとして倉庫へ戻ったんだ。そしたら、まぁ折り悪く奴らに見つかってね。君の方へなだれ込まないよう鍵を掛けたのさ。それで交戦しつつ逃げ回っていたら、何故か草野が倉庫の入口にいて、何かを撒き散らしてから、火を着けて逃亡したとまぁ、こんな訳だ」

篠原がいるせいか、やや落ち着いて思考できた。恐らく、地下にあった他の出入口が倉庫の向こうへ繋がっていたのだろう。

倉庫に行く途中の、あの細い通路。意外と倉庫まで距離があったはずだ。もしかしたら、あそこに繋がっていたのか？

辺りの炎がより猛威を奮う。篠原は、近くの人形を見てから俺の手元にあった槌を奪い取り、それで殴り飛ばした。

「良いものを持っているじゃないか。さて、そろそろまずい、逃げるぞ！」

人形は炭と化したものが多く、俺はそれから目を逸らしながら、篠原と共に出口へと走った。

倉庫を出てから細い通路に差し掛かり、その途中で、壁がドアと同じ形で開いているのを発見する。ここから草野は外に出たのか。

工場の作業場に出た。ここにも火の手は広がり、燃え盛る機械が誤作動を起こして勝手に動いている。

機械音が聴覚を奪い、炎が視覚を、煙が嗅覚を麻痺させ、方向感覚がおかしくなっていた。出口を探しさ迷う俺達。その間にも、熱は肌を通して強くなっていく。

「絶体絶命とはこのことだ」

「暢気なことを言ってる場合じゃないですよ」

「くくっ、まあ焦るな、活路はあるさ」

「本当ですか？」

「正面左角度四〇くらいをみたまえ」

正面四〇度なんてわからなかったが、とりあえず正面左を向いた。微かに、いや確実に他の炎よりも揺らめきが大きい。

「ここの奴らの癖か知らんが、工場の扉は決して閉めていない。つまり、今も開いているはずだ。つまりのつまり、隙間風が起きている、ならばそれは火を動かす。その動きの激しい火を見れば、出口の方向はわかる」

「なるほど、じゃあ早速行きましょう！」

「問題は、二人同時に行かねばならない、ということだ。最早ちまちまとやっている暇はないからな」

篠原が周囲を見渡した。もう完全に火に包囲され、焼死するのは時間の問題だった。

チャンスは一度だ。

「一、二の三で行くぞ？」

行くしかない。逃げ場がない以上、行くしかないんだ。

「一」

草野はどこにいるんだ。人形は追ってこないのか？

「二の」

今は考えるな。今は、助かることだけを考えろ！

「三！」

二人で炎に突っ込んだ。炎に巻かれながらも、火の向こう側へたどり着き、俺達は燃える工場から生還した。

二人である程度離れて、コンクリートの地面に寝転がる。

「生きてます？」

「もちろん」

遠くから、サイレンの音が聞こえた。

「終わったんですかね」

「くくくっ、さあね」

「篠原さんって、何者なんですか」

「……元軍人の祖父と、警察官の父を持つ正義のサラブレッドだよ」

「凄い家系ですね」

「ふっ、おかげで格闘には自信があってね。ああ、もし間というバス運転手に会ったら、孫に会いましたとでも言っておいてくれたまえ」

「ああ、間さん。あの運転手、やたら癖あると思ったら篠原さんのお祖父さんなんですか」

「くくくっ、会ったのか。癖のある爺さ」

そんな篠原との談笑をしながら、俺は生きているという実感を手に入れた。

その後、警察や消防隊員が続々と駆け付け、工場内部でおびただしい数の死体を発見し、絶句していた。

俺達は事情聴取を受けながら、少しだけ工場内部の話を聴くことが出来た。

焼け焦げた死体は殆どが識別不可能な程焼けていたそうだ。まるで人間ではないようだ、という刑事の言葉に、俺は苦笑いするしかなく、それが少し辛かった。

工場がそんな惨状だからこそ、最重要参考人として警察に連行されたのは、名目上の責任者である山村工場長だった。罪を全面的に認めているらしい。彼が犯人に加担していたのはなぜだろう。

きっと、罪悪感よりも強い恐怖で縛られたのだ。草野兄妹と〝共犯〟になったその瞬間に、彼の何かもまた、壊れてしまったのだろう。

一番驚いたのは、地下での話。

刑事の話だと、隠し通路のようなものが見つかり、その通路の途中で車椅子に乗ったままの焼死体と、それに抱き付くようにして焼け焦げた女とおぼしき遺体が見つかったという。

草野。直感的にそう思い、俺は言葉に詰まってしまった。

自分で火を放ち、そして自身を焼き殺した。それはどうして行った自殺だったのか、俺には理解できなかった。

単純に父と共に逝きたかったのか、それともお前が引き起こしたことだと思わせるための、俺への当て付けか。

もう答えはわからない。それは一生掛けても、絶対に。

数日以上を拘束に近い形で警察と過ごし、ようやく家に帰る時がやって来た。

篠原と、寂れた赤鉄駅で別れの挨拶を交わす。

「なんだかんだで、すっかり助けてもらいっぱなしでしたね」

「気にすることはない。まぁ、君にはもう少し思慮と落ち着きが欲しいとは思うがね」

「「気を付けます。そういえば、篠原さん。仕事の話、どう報告するんです?」

「どうって? 『無能な探偵は浮気相手を見失い、二人は行方知れずになりました』と報告するしかあるまいよ。不特定多数と燃えるほどの関係を築いた結果、燃えすぎて灰になりました、と灰を持って報告するわけにはいくまい? いずれ、奥方には旦那が死亡したと告げられるだろう。だがそれは警察の仕事だ。証拠も提示できない僕が言える話じゃないからね。そら、電車が来たぞ。乗り遅れると次は一時間後だ。くくっ、じゃあまたいつか」

篠原は背を向けて、ズボンのポケットに両手を突っ込みながら歩いて行ってしまった。

最後の最後まで、謎の男だったたな。


電車に揺られて、薄暗くなった外を眺める。

ゆっくりと景色を眺めることが出来るなんて、いつ以来だろう。

一週間弱の日々があまりにも長かった気がする。でも今は、ようやく平穏を取り戻せた。

駅に着いたので、電車を降りて自宅へ向かう。

まああの大きさのアパートが見えた。上を見上げると、久しぶりに自宅を見た、という嬉しさが無性に込み上げてきた。

早足で階段を駆け上がり、忙しなくポケットにしまった鍵を取り出す。

自宅の前に着くと、やや異臭がした。

自分の部屋の汚さを思い出して気が滅入ったが、片付ければいいか、という考えのもと、鍵を開けてドアを勢いよく開けた。

ああ、疲れた。今日はたっぷり寝るかな。

ドアを閉めて、鍵を掛けてから暗い中を歩む。そして手探りで壁にある電気のスイッチを探し出して、オンにする。

「ただいま」

明るくなった、汚い自室に呟いた。

「お帰りなさい、花崎さん」

返るはずがない、返事が聞こえた。


（終）

首狩り地蔵

噂

俺は山が好きだ。登山が好きというわけじゃなくて、ただ単に遠目で眺めているのが好きなんだ。

だから友人から登山に誘われた時は、正直面倒だと思ってしまった。まあ、結局来ているのだが。

猪庭《いば》山と呼ばれるこの山は、実に木々が立派に成長していて見応えがある。ただ足元の土が湿り気を含んでいて、草花とその土の匂いが混じった自然の香りが、俺の鼻を突き続けている。

どうにも鼻が辛い。花粉でも撒いているんじゃないのか。

苛立ちが募りながらも、重い荷物を背負いながら、友人の後に続いて山を登る。

「なあ、知ってるか？」

細く、緩い坂道を登っていた時、友人がそう話しかけてきた。

にやにやといやらしく笑っているから、あんまり良い話ではなさそうだ。

「なんだ、藪から棒に」

「いやな、俺も知り合いから聞いたんだけどよ。この山——猪庭山にはおっかない話があるんだと」

「怖い話なんて、どんな所にだってあるだろう。そんなに興奮して話すことじゃないよ」

「いやいやいや、お前も折角この山に登ってるんだから、知っといた方がいいぞ」

ははあ、と俺は勘付いた。こいつはただ単に話したがりなのだ。

知らなくてもいい、と言っても、どうせ話すだろう。俺は溜め息混じりに、どんな話だ、と切り出してみる。

「へへへ、お前、首狩り地蔵って知ってるか」

「物騒な名前だな」

「ああ。もう少し進めば見えると思うんだが、そいつは首のないお地蔵さまでよ。その地蔵に何か無礼を働くと……」

「働くと？」

「首を取られるんだよ。しかも、地蔵は取った相手の首を、自分の首にしちまうらしい」

「名前の通りじゃないか。捻りもないしつまらない」

「まあ、まあ、まあ。話は最後まで聴いてくれ」

「終わってなかったのか」

「ああ。なんでそんな話が生まれたかって、実際乗ってたからだよ。その地蔵のざらざらした首の上に、本当にどこぞの誰かの首がな」

「さすがに嘘だろう」

友人は首を振り、にやりと微笑む。

「二年前、本当にあったんだ。血塗れの地蔵の上に、これでもかってくらい苦しそうな男の首が。見つけたのは俺達みたいな登山客だそうだ。もちろん警察に連絡して、その首はちゃんと元の持ち主のところへ帰った訳だが――奇妙なのはここからだ。警察が調べたところ、首は無理矢理引きちぎられたようだってんだ。何か凄い力で、な。だが犯人の証拠となるものは何もなし。おかしいだろ？　いくらなんでも、証拠もなしにそんなことが出来る訳がない。目撃者もいないってんで、警察は随分参ってたらしいぜ。で、今話題のもんがあれだ」

友人の指先に、首のない地蔵が木々の間にひっそりと置かれていた。頭がどう取れたのかはわからないが、首は多少の名残を残してほぼ平になっている。

話を聴いていたせいか、少し怖かった。不気味であるし、何より本当に血の後らしいものが残っていたのだ。

地蔵の体に、うっすらと血が滴ったらしい跡が見える。それは歩いて近寄るほどによくわかった。

「うう、気持ち悪いな」

「そうだなあ」

「それにしても、犯人は妙な奴だ。わざわざ山に登って、こんなところに置くなんて」

「確かに。俺だったら山の中に放って知らん顔してるぜ」

「ところで、さっきの話はもう終わりか？」

「おっと、そうだ。この地蔵様は、どうも意思を持ってるらしいぞ」

「ほう」

頭がないのに意思を持っているなんて、馬鹿げた話だ。

「気に入った奴の頭を持っていくんだとさ」

「目も鼻も耳もないのに、どうやってお気に入りを見つけるんだい」

「それは――」

友人は言葉に詰まった。どうもその辺りは考えなかったらしい。俺は思わず笑ってしまった。

「まったく、噂話にしても程度が低いよ。もっとまともな話を持ってきてほしいもんだな」

「いや、中々怖いと思ったんだけどな」

二人で地蔵を眺める。無機質で、黒ずんだ地蔵の方から、ひんやりと冷たい風が吹いてきた。

身震いしてしまった。寒気が全身に走ったせいだ。早く頂上へと向かおう。

「そろそろ行こう」

「なんか、雲行きが怪しくないか」

空を見上げれば、確かに分厚い黒雲が風に乗って緩慢な動きをしている。これは、一雨きそうだな。

考えている間に、額にぽつりと冷たい水滴が当たる。途端に滝のような大雨が降り始めた。

頭をを腕で覆っても、雨は全身を狙って降り注いでくる。友人は頂上へ駆け出した。

「おい！　山を下りないのか」

「この山の頂上に、小屋があるんだよ。一度登ったことがある俺が言うんだ。間違いない」

確証があるのか。それなら今から山を下りるより、このまま登った方が雨に濡れずに済みそうだな。

猛烈な勢いで、俺達は雨に襲われる。風も加わり、中々酷いことになってきた。

俺は友人の跡に続いた。彼は勇んで登山道を突き進む。そのままいくらか歩き続けると、やがて木造の古めかしい小屋が見えてくる。

山頂はまだだが、間もなくではある。まあ、こいつが言う通り大体頂上だな。

友人と一緒に、その四畳程度の小屋の中に駆け込んだ。中は何もなく殺風景だが、中心の床がぽっかりと空いていて、焚き火の跡がある

「ふう、古いことは間違いないが、なんとか平気そうだな」

「ああ。これ以上酷くならなければいいんだが」

小屋が軋む。だがそれだけで、雨風を完全に防いでくれている。

俺達の願いとは裏腹に、雨風は弱まることを知らない。変わらず勢いを保ったままだ。

「参ったぜ。こりゃあどうしようもないな」

「寝袋を出しておこうか」

さすがに携帯電話は圏外で、使い物にならない。背負っていた重い荷物を下ろして、中から寝袋を引っ張り出した。

ここで眠らなければならない。それはあまり好ましいことではないけれど、そうする以外に選択肢がない。

友人と語り続けた。しかし、夜が来訪しようとしても雨は依然強い。風はもっと強くなった。

山を下りることが出来ない。焦りが募る。だが、急くばかりの気持ちをどうにか押さえ付けて、明日に備える。

小屋が壊れそうな音を立てた。その度に反応してしまって、精神が疲れてきているのを感じる。

寝袋にくるまっても、中々寝付けない。友人はなんら感じないのか、爆睡しているから腹ただしい。

やはり寒い。寝袋から出した顔だけが、外から染み出す冷気によって熱を奪われていく。

ああ、早く寝よう。そうすればこんな音も冷たさだって気にならなくなるさ。

目を閉じる。明かりのない暗がりによって、瞼の裏は黒一色に染まっていた。

風の音が耳障りだ。ついでに、友人のいびきが堪らなく五月蝿い。

眠れないか。もう少し目を閉じていよう。すぐに寝れるさ、きっと。

床が固くてとても寝心地が悪い。なんでこいつはいびきをかくだけ熟睡出来るのやら。

恨みがましく睨んでも、奴は全く気にもとめない。どこから出しているのか、野太い声を放ちながら眠り続けている。

やれやれ、こいつに誘われなければ登山なんて来なかった。今ごろは使い慣れたベッドの上だったろうに。激しい後悔が俺を襲う。

風と雨が猛る。小屋が壊れるのではないか。そんな不安が過った。

しかしその内、妙な音に気が付いた。

風が物体に直撃する音。雨が天から地上に落ちる音。それと、何かを引きずるような音だ。

初めこそ風に紛れていたが、それはしっかりと聞こえ始めていた。

何かが小屋に近付いていている。重いものを引きづっているようだが、一体なんだろう。同じ登山者だろうか。

やがて小屋の前でその音が止んだ。入ろうとしているのか？

しかし、扉は開かない。俺はそれが気になって、身を起こして扉を眺める。

開く気配はない。むしろ、人の気配がしない。音からしたら、扉の前には誰かがいるはずだ。それなのに、誰かがいるような感じがしない。

おかしいな。空耳だったのだろうか。

首を傾げつつ、俺は再び横になった。

不思議と睡魔が訪れて、俺は眠たい瞼を閉じ続け、やがて雨音も気にならなくなってきた。その頃だ。

異音が耳を突いた。どうも軋むような音が鳴ったようで、誰かが扉を開けたらしかった。扉が閉まる音が、雨と風の音に混じる。

その際、雨で冷えた風が俺の肌を焦らすようにして撫でてきた。

なんだ、あいつが外にでも出たのか。何も俺が寝ようとしている時に出なくてもいいだろうに。

眠たい瞼を開けようとした。——開けようとしたはずだった。

動かない。体が動かない。微動だにしない。自分の体が、まるで凍りついたように固まって、一切の動作が出来ない。

どうしたんだ。どうして体が動かないんだ。あいつの悪戯？　いいや、瞼まで開けられないなんておかしい。これは普通じゃない。

レム睡眠というやつだろうか。脳だけ起きていて、体が眠っているという状態のことだったか。初めてなったが、成る程、金縛りと言われているだけある。

焦る気持ちを抑えて、勝手にそうだと納得してみた。だけど、頭の片隅で違うのではないかと囁く俺がいる。

小屋に打ち付けられる風雨の音だけが耳に届いた。不思議と、その空間だけが無音に感じてしまう。

あいつが尿意でももよおして、我慢できずに外に飛び出しただけだ。そうに決まっている。

俺はそう思い込もうと必死だった。

脳味噌に刻まれた、一つの可能性を否定し続けた。

『首狩り地蔵って知ってるか？』

馬鹿な。あるはずがない。あってはならない。そんな安っぽい噂話が、現実にあるわけがないんだ。

幽霊やそれに属するものに出会った人達は、金縛りになるのがお約束のようなものだ。

いや、これはレム睡眠というものに違いないんだ。金縛りなんてものは科学的に証明されているものなんだ！

でもこの奇妙な感覚はなんだ。どうして俺は焦って——いや、怯えているんだ。

初めてこんな感覚に陥ったからだろう。誰しも初めてのものに対しては不安を覚えて当然だ。

自分の中で、意見がせめぎあう。こうであってほしい願望。あいつが言ってきた噂に対する恐怖。その二つが渦のように俺の思考を回転させていた。

そんな状態がどれだけ続いたのだろう。動けないままだからかもしれないが、相当に長い時間、俺は身動きが出来ずにいた。

どうすればいいのか思案している時だ。隣から、いびき声が響いてきた。

血の気が引いた。あいつは外に出ていない。でも、扉は確かに開いたはずだ。音はしたし、冷たい風も肌で感じたのだから。

誰がいるんだ。一体誰が。動いていないから、つまり今までずっと扉の前にいたってことだろう？

精神的におかしい。これはただの登山者じゃない。俺達に遠慮してたって、座るくらいはするだろう。今まで立っていたのなら、俺達はそいつにその間眺められていたことになる。

身の毛がよだつとはこのことだろう。あまりに不気味で、俺の体が一気に冷えてしまった。

声が出せない。隣で寝ている友人には何も伝えられない。

音がした。重くて固いであろう何かを、床に擦り付けるような音だ。

それは遅いものの、確実に迫っていた。そう、確実に、俺の方へ。

身の危険を感じた。どうしようもない恐怖が身を焦がすような勢いで俺を支配する。

それは、足元で止まったように感じた。音が止んで、余計に神経を刺激する。

寝袋の上から、足首に何かが触れた。冷たい。それは硬質で、とてもとても冷たい。

声が出ない。動けない。誰なんだ。一体なんなんだ。誰か助けてくれ、誰か、誰か!

それは、何かを探るように足首に優しく触れている。何かが聞こえた。それは声らしい。

ぶつぶつと呟いている。

聴きたくなかった。だけど、極限に精神を磨り減らしていた俺は、異常に聴覚が冴え渡ってしまっていた。

「ここかいな、ここかいな」

老人のように、嗄れ、掠れた声だった。

「ここかいな、ここかいな、わしの首はここかいな」

首。その言葉に、俺は思考が止まった。

その間にも、冷たい手はふくらはぎをまさぐり、やがて太ももに触れた。

徐々に触れる箇所が上へと移動していっている。

触るな。やめろ、助けてくれ。おい、寝てる場合じゃないだろ。なあ、おい、頼む、起きてくれよ！

「ここかいな、ここかいな、わしの首はここかいな」

腹辺りを撫でられた。寝袋の上だというのに、はっきりと冷たいのがわかる。

それはやがて心臓の上を触れた。その時だけ、長く長く触られていた気がする。

鎖骨辺りを撫でた。首はもう間もなくだ。ひたすらに恐ろしくて、涙が出そうなのに何もでない。身動き一つ取れない。

そっと、冷たい手が首に触れた。

「ここかいな、ここかいな、わしの首はここかいな」

二つの手が遠慮なく俺の首を触り続ける。長く長く、まるで吟味するかのように。

「ここじゃいな、ここじゃいな。わしの首はここじゃいな」

首に痛みが走った。体が動かない。まるで、鉛にでもなったかのようだ。

首が上に持ち上げられようとしているのに、体はそこに吸いついたかのように動きはしなかった。

痛い。痛い痛い痛い痛い痛い痛い痛い痛い痛い痛い痛い痛い痛い痛い！

無理矢理首が引っ張られ、想像出来なかった程の痛みが走る。

やめろ、やめて、助けて。やめて、やめて、やめて、やめて、助けて、痛い、痛い、助けて！

声は出ない。身動きもとれない。

「ここかいな、ここじゃいな。これかいな、これかいな。――わしの首は、これじゃいな」

何かが切れた。生涯感じたことのない激痛だった。

叫びたい。俺の全身から悲鳴が上がった。それでも、体は動くことがなかった。

何かが外れた。また何かが切れた。もう痛みは感じない。また切れた。また、切れた。

今度は、連続で切れた。

まるで雑草を引き抜いた時に、根をまとめて引っ張るように、嫌な音を立てて千切れていく。

口に生温かい液体が溢れた。味はわからない。もう、何もわからない。

「わしの首はこれじゃいな。わしの首はこれじゃいな。わしの首はこれじゃいな」

やっと目が開く。

血にまみれた地蔵が、俺の首を掴んでいた。頭はないのに、笑ってみえた。

大きく引きちぎるような音を最後に、俺の世界は閉じられた。もう何も、感じない。

（終）

オトモダチ

彼女と僕の出会い

夕焼けが、道を射す。橙色の光が視界を覆うのは、さながら僕を家に帰らせたくないためのようだ。

紺のスクールバッグを肩に下げ、僕は帰宅するため道を進む。

灰色の塀が道を挟んでいる。住宅街だから仕方ないのだが、そのせいで道幅は狭い。車は滅多に通らない道だが、車が通った時なんて、危うく轢かれるところだった。

もう少し、歩行者のことを考えてほしいね。

そんなことを考えながら歩いていると、自宅に着いた。

ドアには必ず鍵が掛かっているから、鍵を学生服のポケットから取り出し、鍵を開けてドアを開け、家に入ってドアを閉め、また鍵を掛ける。

「ただいま」

そう言えば、家の奥から「おかえり」と高い声が返ってくる。

靴を脱いで、家に上がってすぐ右にある二階への階段を上がり、自室に入った。

部屋に入って左に学習机があるため、スクールバッグを置いて、僕はそのまま奥に置いてあるベッドに倒れ込んだ。

眠い。今日は疲れた。

もっとも、部活をしている訳じゃない。勉強も死ぬほど頑張った訳でもない。

ただ眠い。それだけだ。

意識が落ちそうになるが、瞼が自動的にまた上がる。そのせいか、眠気が少しばかり晴れてしまう。

嫌だな。寝ようとしているのに、こういう時に限って眠くなるんだから。

のっそりと起き上がると、窓の外がよく見えた。

夕日の光は眩しいが、町を彩るその色が子供の頃から好きだった。

ぼんやりと眺めていると、ふと家の側にある小さな公園が目に入る。誰かがブランコを漕いでいるのが見えた。

公園と言っても、ブランコと滑り台があるだけの本当に小さな公園だ。滅多に人はいないため、その人物はよく目立っている。

自分と同じ学校の制服を着ている。しかも女子のようだ。

誰だろう……。

気になって見ていると、彼女がこちらを向いた。そして目が合った……気がした。

あんなに離れているのだから、気付かないはずだ。

でも、目が合ったような気がした。そのせいか、どうしても彼女が気になって、気付いた時には外に飛び出していた。

公園前に着くと、ブランコを支える鎖が軋む音が聞こえた。

少女は、ブランコを漕いでいた。はしたなく足を投げ出して、ゆっくりゆっくり漕いでいる。

彼女に引き寄せられるように近付き、二つある内彼女が漕いでいないブランコに座る。

「何してるの?」

……驚いた。なぜなら、自分がしようとした質問を、彼女に言われたからだ。

「別に何もしてない」

「貴方、窓から見てた人だよね。私に何か用?」

あの距離で、よくわかったものだ。彼女は眼鏡を掛けていないし、視力が素晴らしくいいのかもしれない。

こちらを向いた少女は、黒髪のショートヘアで猫のような目をしている。体型はまだ未熟だ。女子用ではあるが同じ学生服だし、僕と同じく十五歳くらいだろう。

「用って程のことはないよ。ただ君が気になって」

「……口説いてる?」

「い、いや、そんなつもりじゃないんだけど」

「じゃあ、友達からね」

一瞬なんのことかわからず、半開きの口を開くべきか閉じるべきか悩んでいると、彼女はまだ幼さが残る顔で笑む。

「付き合うにせよ、まず友達から。それでいい？」

「え、ああ……」

「私は岩倉冬美《いわくらふゆみ》。貴方は？」

「……篠原《しのはら》。篠原一《はじめ》」

「一君か、良い名前だね。じゃあまた明日、同じ時間、同じ場所で！」

そう言うと、彼女はブランコから飛び降りて、僕に向かって手を振りながら走り去ってしまった。

断る暇もなしとは、やってくれる。随分と図々《ずうずう》しい女だ。

少しばかり頭に来るが、友達と呼ばれた時に嬉しく思ったのも事実。そんな自分に、僕は戸惑う。

夕闇が町を覆い始める。奇妙な邂逅《かいこう》を果たして、僕は帰宅し一日を終えた。

次の日、僕はいつも以上に早起きをした。時刻は五時半。

不思議と眠気が晴れ、ベッドの中にいる気になれない僕は、行動を開始する。

まず寝巻から学生服に着替えた。そして鞄に今日の授業で使う教科書を詰め込む。

ここまでしてから、ふと窓の外を見遣る。ブランコは、風を乗せて僅かに揺れていた。

今日の学校帰りにでも寄ってみよう。彼女はまたいるだろうから。

たっぷり時間があったので、余裕を持って中学校に着いた。赤鉄中学校は山の麓にあり、近隣には木々が生い茂っている。

緑に囲まれた学校、と言えば聞こえはいいが、校舎の壁には問答無用で名前の知らない植物の蔦が這っているし、雑草は際限なく生えている。しかも校舎は相当年季が入っていて、古い。ぱっと見、廃墟に見えなくもない。

不気味でならない学校に入るのは、正直気が引ける。

靴箱を開けた時に、周囲の靴箱に付いているネームプレートを見て、僕は彼女の名前を探した。

隣のクラス――二組――の中に、岩倉の名前を発見したが、靴はまだ靴箱に納められていない。

まだ来ていないのか。まあ、まだ登校時間まで三十分弱あるからな。

のんびりと二階に上がって一組の教室に入ると、人は誰も居なかった。

僕は六列ある机の内、廊下側から二列目の一番後ろの席に着いた。鞄を机の脇に掛けると、一息吐く間もなく立ち上がり、隣のクラスに顔を出した。

物好きとはいるもので、読書をする眼鏡男子が窓際の席に一人座っていた。

彼は僕に気付いたらしい。気になるらしくちらちらと視線を送ってきている。

「つかぬ事を聞くけど、岩倉冬美って人はいつもどのくらいの時間に来ているかわかる？」

「えっ、岩倉さん、ですか」

きょとんとした顔を見せる男子生徒。面長の顔とあいまって、はっきり言って阿呆面に見える。

僕は笑いを堪えつつ、悩む彼の返答を待った。

彼は不審そうに僕を見遣る。

「あの、岩倉さんの知り合いなんですか？」

「まあ、一応」

「知り合いの方なのに、知らないんですか？　……岩倉さんはずっと学校に来ていませんよ」

不登校。ではなぜ昨日、学生服を着ていたんだ。学生気分でも味わいたかったのか？

「虐めか何かあったのか？」

「いや、入学時から来ていませんから、中学で虐めにあったってことはないんじゃないですかね」

「そう。ありがとう」

礼を言って早々に二組の教室を出て、自分の教室に戻る。

彼女は学校には来ない。だがあの公園にはいるのか。

「くくっ」

喉の奥で笑うような、小さな笑い声が漏れてしまった。

癖になってしまった笑い方は、中々やめることが出来ない。

全く、やはり彼女は面白い。僕が興味を持つことは必然だったようだ。


放課後、僕は家ではなく公園に足を向けた。

公園に着くと、彼女は昨日と変わらずブランコを漕いでいる。

自分に近付くのが僕だとわかったのだろう。彼女はブランコを飛び降り、僕の側に来た。

「来てくれたんだ」

「まあね」

二人でブランコに腰掛ける。

「君は、不登校らしいな」

「あれ、知らなかったんだ？」

笑いながら話す彼女の様子から、触れてもいい話題らしい。

「なんで学生服を着ているんだ？」

「買って着ないのも、なんか勿体ないでしょ？」

「……学校に来ればいいじゃないか。そうすれば嫌でも着ることになるぞ？」

「うーん、そうしたいのは山々なんだけど、それは出来ないなあ」

「なんで？」

彼女が僕を見る。何も言わずに笑って、ブランコから降りた。

「ばいばい！」

僕が呼び止める暇もなく、彼女は走り去ってしまった。

学校には行きたくても、行けない理由があるらしい。

病気なのだろうか。しかし、外には普通に出て来ているし、血色も悪くなかった。見るからに健康児だったと思うのだが。

謎を孕んだまま、僕は帰宅した。居間に行くと、母がテレビを見ながら寝転がっていた。

居間を経由して台所に向かう途中で、ふと思い立ったので母に話し掛けた。

「母さん、近所に岩倉さんっている？」

「岩倉？　……ああ、いるわよ。家から学校側に向かって、六軒くらい先にあったと思うわよ」

意外に近い。今まで会わなかったのが不思議なくらいだ。

母に礼を言って、僕は部屋に戻る。

そして机に置いた教科書を見て、あることを思いついた。

そうだ、中学が一緒じゃないか。近所の人ならば、小学校も一緒だったのではないか。

押し入れを漁り、小学校時代の教科書が並ぶ場所を見つけた。そして程なく、小学校の卒業アルバムを見つけだす。

早速学習机の椅子に座り、机の上でアルバムを開いた。

まだ少し幼い友人や自分を見つける。

眉に掛かるくらいの髪に、眠そうな目をした少年が映っており、僕は思わずにやついた。

今と変わらぬ美少年が映っているな。全く、もう少しこの目が釣り上がっていればよかったものを。

自賛なのか自虐なのかわからないことを考えた後、クラスごとの集合写真を発見し、じっくりと眺める。

どいつもこいつも変わらないな。

集合写真を見続けるが、中々岩倉らしき人は見当たらない。

彼女は小学校にも行っていなかったのか、それともただ単にこの頃にはこの町にいなくて、中学が始まる辺りに引っ越してきたのか。

「——いや」

中学から通い始めたなら、少しでも話題になるのではないか。

だが僕は、そんな話があったことを記憶していない。

僕が知らなかっただけなのか。

もう一度アルバムに目を通すと、修学旅行の写真のところで目が止まる。

人混みの中、本当に少ししか見えないが、彼女らしい少女が写っていた。

やはり彼女は小学校も一緒だったのだ。

その後もしかしたらと思い見直してみれば、人混みや、風景の一部に岩倉が写っているのがわかった。

写真に写らない人というは稀にいるようだが、こんなに些細にしか写っていない人も珍しい。

だが、何度見てもクラスの集合写真に岩倉の姿は確認出来なかった。

休んだのだろうか。それにしたって、学校側が何かしら対処して集合写真の端に写すなりなんなりするんじゃないか。

……彼女が不登校であることに、何か関係があるのだろうか。

「明日、彼女に聞いた方が早いな」

考えるだけ時間の無駄だ。情報が何もないのに、真実は見出だせない。

しかし焦ることはない。明日、悩みは晴れるのだから。

違和感

学校が終わり、僕は彼女が待つ公園へと歩む。別に遠い訳ではないので、僕は緩慢な速度で進んでいた。

小学校はもう放課しており、住宅街に差し掛かると楽しげな声をあげる子供たちが僕の脇を通り抜けていく。

その姿を見ると、自分にもあんなに無邪気だった頃があったのだと、年寄り臭いことを考えてしまう。

まだ昔を懐かしむような歳でもない。だが、そう考えてしまうとは、老けたものだな。

そう言えば、岩倉はどんな子だったのだろうか。目立たなかったのは、写真を見てわかるのだが。

昨日アルバムを見ていて、気になったことがあった。彼女は笑っていなかったのだ。何枚かある写真の内、ただの一枚もだ。

やはり、彼女は精神的な問題を抱えているんだろうか。話した感じは、別段普通だったと感じたのだが。

知り合ったのも何かの縁だ。何か彼女の力になってあげられるなら、出来るだけなってあげよう。

公園が見えた。彼女は笑顔で出迎えてくれた。

僕はあまり笑うことが得意ではないので、ぎこちない笑みを浮かべる。すると、彼女は声をあげて笑う。

「あはは、何、その顔！」

「笑ったつもりだったんだが」

「笑うのはね、こうするんだよ！」

そう言うと、彼女は僕の両頬を外側に引き伸ばした。僕が抵抗すると、彼女は笑いながら放してくれた。

「全く、いきなりよくもやってくれるな」

「あはは、ごめんね。こうして誰かとふざけあうのも久しぶりなんだ。多目に見てよ」

「久しぶり、ね。ちなみにいつ以来？」

「そうだなあ、小学校低学年以来？」

「大分久しぶりだな」

彼女は少し遠くを見つめながら、うん、と一言呟いた。

「私にはね、双子の姉がいるの」

「姉妹なのか」

「うん、まああんまり仲良くないんだけどね。二人揃って不登校なの。私は小学校低学年くらいから、姉さんは中学生になった直後かその辺だったかなぁ」

では、あの写真に写っていたのは姉の方か。

「一君ってさ、家族と仲はいい？」

「それなり、かな」

「羨ましいなぁ。うちの家はいつもギスギスしちゃってさ……」

なんとも重い話だ。僕は反応しづらく、視線を自分の手元に落とす。

それに気付いたのかわからないが、岩倉も黙ってしまった。気まずい空気が流れ、居てもたっても居られなくなった僕は、何か話そうと彼女を見た。

その時、ちらっと彼女の手首が視界に入った。一瞬だったが、そこに何かの痕があることに気付いた。思わず手首を凝視してしまう。

それに気付いたのか、岩倉は慌てて学生服を引っ張って手首を隠した。

「今見たの、忘れて。何も訊かない、思わないで」

笑顔こそ似合うはずの彼女が、忌々しげで嫌悪感に満ちた表情を初めて僕に見せた。

……訊かれたくはないだろう。あの痕は、どう見ても切ったような痕だった。

彼女は、手首を切ったことがあるようだ。

彼女が不登校なのは、自殺を考えるだけの精神的な問題を抱えているからなのだろう。

普通なら、これで彼女が不登校である理由について答えが出ているように感じるのだが、僕は直感的にそれを弾いた。

何か、という曖昧な表現しか出来ないが、何かが腑に落ちない。

……そうだ、彼女が不登校である理由。虐めを苦にした自殺未遂だったのなら話はわかる。だが、彼女は小学校の低学年から不登校だと言った。

なら、その頃の虐めを引き摺ってのリストカットだったのか？

それも違う。あの痕から考えるに、治りかけた状態だった。つまりごくごく最近切った傷だ。

よく考えれば、彼女には妙な部分が多すぎる。家族と仲が悪いなら、なるべく離れていたいと思うものではないのか？

それなのに、彼女は家に留まっている。なぜだ、彼女が不登校である理由がわからない。

「あっ、そろそろ帰らないと。じゃあまたね、一君。また明日、会えるといいな」

「あ、ああ、またね」

相変わらずぎこちなく笑って見送ると、僕は腕を組んだ。

まるでわからないが、おかげで彼女には大層興味が湧いてきた。また、話したいものだ。

その後は帰宅し、何事もなく一日が終わるものだと考えていた。——が、晩御飯を家族で食べていた時だ。

「そう言えば、一。岩倉さんのこと訊いてきたわよねぇ、何か岩倉さん宅《ち》とあったの？」

「いや、まあ何もない訳じゃないけど、大したことでもないよ。ただ気になったから訊いただけ」

母は長い黒髪を掻き上げ、不思議そうに唸った。父もまた、薄くなった頭を掻く。

「岩倉さんな、あんまりあそこの家族は見たことないな。だが、確か一と同い年の子がいたはずだな」

「そうね、なんて言ったかしら？」

ふむ、両親もあまり知らないらしい。僕も彼女に会うまではその存在を知らなかったしな。相当会えるのは稀な家族のようだ。

「僕が会ったのは、冬美って名前の子だよ」

「あら？　冬美……。冬美、ねぇ。そんな名前だったかしら？」

「確か、あそこのお子さんは双子じゃなかったか。もう一人は、確か雪美ちゃんだったと思うぞ」

「あら、あなたよく覚えてるわね」

「滅多に会わないから、何かやたらと頭に残ってな」

両親は、それからご近所について談笑し始めた。僕はその会話には興味が湧かなかったので、食事を済ませて部屋に戻った。

部屋に戻ると、近くの街灯の光が部屋に射し込んでいた。カーテンを閉めていなかったようだ。

カーテンを閉めようとして、自然と目が公園に向く。すると、ブランコに座る人影が見えた。彼女だ。

夜も更けてきているのに、何故外に？

気になって仕方なく、僕は適当に白のパーカーと深い青のジーパンに着替えて外に出た。

公園に着くと、彼女がいた。夜空を眺めており、僕には気が付いていなかった。

だがある程度近付くとさすがに気が付いたらしい。彼女は身構えるようにしてこちらを睨んだ。何か様子がおかしい。

「何してるの？　こんな夜更けに」

「……貴方、誰？」

「え？」

全くもって想定外の言葉に、僕は動きを止めた。しかし、すぐに彼女の言葉の意味を理解した。

「ああ、失礼したね。僕は篠原一。君の妹さんの友人さ」

「冬美の？　あの子に、友達なんていたんだ」

姉、父の話だと、雪美だったか。彼女の方は、随分内向的なようだ。喋り方も抑揚がなく、声量があまりない。ぼそぼそと話す、というのがしっくりくる表現だろう。

「貴方、あの子といて楽しい？」

「その質問には、はい、と答えよう」

「そう、楽しいの。どこが楽しいの？」

「そうだな、僕とは限りなく反対の性格だからこそ、彼女の行動と言動が面白い、と感じるんだ。だから、彼女と接すると楽しいと感じるよ」

彼女は僕ではなく、どこか遠くを見つめる。少しばかりの沈黙の後、彼女は息を吐いた。

「羨ましいな」

「何が？」

「あの子には、簡単に人が集まるの。友達が出来やすいの、同じ顔で、同じ日に生まれたはずなのに。……どうして私には、あの子と同じことが出来ないんだろう。誰にでも笑いかけることができる、あの子が本当に羨ましい」

雪美はそう言って、俯いた。冷たい夜風が、僕と彼女の間を通る。

「でも、冬美は小学校低学年の時点で不登校になったんだろう？　君は中学に入るまで学校に行っていた。それは、君の方が辛抱強かった、というように思える。何も、妹さんだけが凄い訳ではないんじゃないか？」

「……ありがとう。見ず知らずの人でも、そう言ってくれるなら、嬉しい」

彼女は初めて笑ってくれた。本当に微笑んだだけだったが、妹の明るい笑みではなくて、少し悲しげな笑い方だった。

はっきり言って、この姉妹は決して普通ではない。美人な方だと言えるだろう。それゆえか、僕は少し胸に来る愛らしさを彼女に感じた。

「君は、もしかして夜にここに来ているのか？」

「うん、夜が好きだから」

「うら若い乙女が、こんな夜更けに出歩くのは危ないと思うが。また、君に会いに来てもいいかな？」

「……別に、好きにしていいよ」

その日は、それで別れた。帰宅した後、僕は自分の言い回しを後悔した。

何だか、口説いているような言い方だったな。そんな気はないのだが。

自分の部屋で、ベッドに寝転がりながら、僕は悩みの種をどうするべきか考えた。どう考えても、姉の方はともかく、妹には不登校になる理由がない。

明るく、友人はすぐに作れるタイプの彼女が、何ゆえに学校へ来ないのか。大体、リストカットの意味もよくわからない。

なんとも、奇妙なことに関わってしまったものだ。

次の日、学校で情報収集をした。もちろん岩倉家についてだが、まるで情報はない。かつての友人には会ったが、やはり「明るい子だった」くらいしかわからなかった。

放課後、僕はあの公園へと向かった。すると、傾きかけた太陽に照らされながら、あの小さな公園のブランコに彼女が座っていた。僕を見るやいなや、つんと顔を背ける。

住宅街を背に、僕は公園の入り口で立ち止まった。

昨日の手首の傷を見たのが、糸を引いているのか？

少し気まずいような気がしたが、親からもお墨付きをもらった図太さで、いつも通りに隣のブランコへ腰かけた。

「いきなり大層なご挨拶だな」

「これが私の普通だもん」

こちらを意識しつつも、僕のことは見ようとしない。口を尖らせた横顔だけが見える。

「ふむ、何かした覚えはないんだがな」

「……あのさ、姉さんに会ったんだって？」

「ああ、会ったが」

「……なんか、それ聞いたらもやもやしちゃって。共通の友人って言えば聞こえは良いけど、気持ち悪くないの？　同じ顔なのに性格は真逆で、しかも姉妹揃って不登校で時間帯ずらして同じ公園の同じところに座っててさ。気味の悪い姉妹だとか、思ったりしてるんじゃないの!?」

心の中身をぶちまけたように、彼女の口からは言葉が次々に溢れた。

彼女が不登校になった理由が、なんとなく理解できた。そこには友人が多いからこその葛藤があったのだろう。

同じ顔の姉のことを、心の底から嫌悪しているのだ。

いつでも側にいて、家族であり、鏡のような姉。そんな姉がいたが故に、まだ幼かった彼女は気付いたのだ。周囲の、まるで特異なものでも見るような目に。

子供は他人の感情に敏感なものだ。特に冬美は常に友人に囲まれていたというから、そんな視線に過敏に反応したのではないだろうか。姉と比べられ、また自分と同じ顔だからこそ、例え姉の噂でも自分のことのように反応してしまったのではないか。

決して虐めではない。だが彼女の精神を消耗させるのに時間は懸からなかっただろう。

「僕は、別に何も思わない。友人が増えただけだ」

「嘘よ。姉さんがいるから、私は……」

彼女は心の苦痛に表情を固くした。どうやら、彼女は双子であるがゆえの悩みを抱え、そのせいで精神を病んでいるらしい。

「君は君で、姉は姉だろう?」

「そうよ、そんなのわかってる! 貴方には、私の苦しみなんかわかりっこないわよ!

……あ、ごめん。私、姉さんのことになると、感情的になっちゃうの。ごめんね、今日は、もう帰る」

彼女は足取り重く、公園を去った。一人ブランコを揺らしながら、僕もまた帰宅し夜を待った。

勉強机に向かい、椅子に腰掛けながら夜が更けるのを待つ。机には英語の宿題をやるために教科書とノートを開いて置いているが、どうにもやる気が起きないので、そのまま随分と時間が経っている。

正直、宿題なんて十分もかからずに終わる。だからこそする気が起きない。

はっきり言えば、僕は宿題以上にあの姉妹の方が気になって仕方がなかった。

冬美は相当に姉に対して敵意を持っている。同じ顔の人が側にいるからこその悩みを持っていたし、彼女の不登校の理由も推測出来た。リストカットの痕も、多分だが雪美が関わっているだろう。

次は、雪美の不登校理由を知りたいものだ。何故だか僕はあの姉妹がひどく気になり、興味が湯水の如く湧いてしまう。

好奇心なのだろうか。それで他人に近寄る僕は、なんと性質《たち》の悪い男だろうか。

時計を見ると、九時を回っていた。

雪美が来ているかもしれない。あの公園に行ってみよう。

坂の上

公園には雪美が景色の一部のように、ブランコに腰掛けて佇んでいた。

僕が隣のブランコに腰掛けても、彼女は俯いたまま微動だにしない。僕が一声かけて、彼女はようやく顔を上げて僕に気が付いた。

「ごめんなさい、考え事してて……」

「構わない。妹さんのことか？」

「よく、わかりましたね。そう、冬美のこと」

彼女は躊躇うようにして、また俯いた。そして意を決したように顔を上げ、僕の目を見つめる。

「冬美に、貴方と会ったこと話しちゃったの。……あの子と話したくて、話題になるかと思ったの。でも、話したらそのまま機嫌悪くなって、部屋に閉じ籠ってしまって」

「ああ、確かに彼女は機嫌が悪かったな」

「私、何か変なこと言った？」

「いや、別に変なことは言っていないよ」

そう、普通なら。

「あの、貴方にお願いしてもいいかな。あの子のこと、私もっとわかりたいの。でも、話すことができないからわかりあえない。だから、貴方があの子から聞いたことを、私に教えてくれない？」

「構わないが」

「本当？　ありがとう！」

ブランコから身を乗りだし、僕の目の前で微笑む彼女は、やはり双子だけあり妹にそっくりだ。

「あ、ご、ごめんなさい。私、嬉しくなっちゃって、つい」

「いや、いいよ。それにしても、君も明るく笑えるじゃないか。笑っていた方が素敵だよ」

雪美は頬と耳を紅潮させ、恥ずかしそうに俯いた。ふむ、女性としての魅力は冬美よりもあるようだ。僕は今、素直に可愛いと思っている。

「く、口説いてる？」

「はて、どこかで聴いたような？　口説いているつもりはないよ」

それでも、訊いてきた当人は信じきれないのか、それともそう思った自分が恥ずかしいのか、顔の赤みが薄れることはなかった。

「なんだかんだで、君とも普通に会話出来ているな」

「えっ、そ、そうだね？」

「実は君も妹に負けないくらい、人懐こいのだと思うぞ？　まだ会って二回目なのに、随分と快活に話すしな」

「そう、かな？　意外と、話しやすくて……。何より、あの子のお友達だもの。悪い人じゃないってわかっているから、こうしてお話出来るんだと思う」

彼女は柔らかな表情で、僕を見る。確かに、僕を疑ったり、怪しんでいる様子はない。

「君は、妹を信頼しているんだな」

「もちろん、そして憧れているわ。……あの子が人に囲まれて話す姿を見ていた時、私は自分がその中にいるようで嬉しかった。そこには羨望があったわ。おかしな話よね、私よりあの子が姉だったら良かったのに」

雪美の方は、冬美が好き。冬美の方は、雪美が嫌い。

何とも、手間の掛かる姉妹だ。姉は妹に憧れを、妹は姉に嫌悪を抱いている。

容姿こそ同じでも、思考は全く違う。この二人の共通点は、自分と相手を重ねる部分だ。

同じ容姿の別人がいれば、僕だって気になるし、当然ながら色々と考えてしまう。

彼女達はそれが強いのだ。だから、相手に自分を重ねる。

「くくっ、君も大概面白い。知り合ったのも何かの縁だし、僕が君たち姉妹の破滅的な程に壊れている関係を修復する手助けをしてあげよう」

「は、破滅的って、それは酷いんじゃないかな……。心に突き刺さる言葉なんだけど」

「そう？　じゃあ壊滅的」

「あんまり変わってない！」

「くくっ、全くもって我が儘な」

「篠原君、酷いなぁもう。それにしても、そのくくって笑い方は癖なの？」

「うん？　まあね」

「変なの。なんか、地下で怪しげな実験してる三流研究員みたいな笑い方だね」

「……君の発想力には脱帽だよ」

くだらなく、しょうもない話ばかりだったが、だからこそ僕は笑い続けた。彼女は妹とずれた感性を持ってはいるが、それでも僕との会話はつまらなくはなかったらしく、終始笑顔でいてくれた。

その後は時間の都合で、僕が先に家に帰った。時刻は十一時を回っており、僕はすぐにベッドに潜り込む。そしてまどろみに身を任せて、眠りに落ちた。


次の日、僕は普段通りに学校に向かった。朝だけあり、人の数は多い。

住宅街を抜けると僕の通う学校があるわけだが、その向かう途中のことだ。

ここ連日、よく見ている顔の女子学生が僕の前に現れた。

「おはよう、この時間に会うのは初めてだよね。学校って、どうしてこんなに朝早いんだろ？　長らく行ってなかったせいか、眠くて仕方ないよ」

「……冬美か？　どうしてこんな朝方に？　それに、その鞄は？」

冬美は学生服を着ている。それはいつも通りなのだが、いつもと違うのは学生鞄を手にしていることだ。

「いや、あのさ。昨日はつい感情的になっちゃったから、謝りたくて。いても立ってもいられなかったもんだから、会いに来たの。あと、ついでに学校、行ってみようかと思ってさ」

「へえ、そうなのか。僕は気にしてないから、謝らなくてもいいよ。それにしても、ついでだから、か。学校に行っても、平気なのか？」

「姉さんもいないし、多分、大丈夫」

比べられるようなことはないから、心配はないような気はする。だが、一度精神が不安定になったら立ち直るのは容易ではないものだと言う。

ここは、僕が様子を見ていなければなるまいな。

「どうしたの？　早く行こうよ！」

「朝から元気な奴だな。眠いんじゃないのか？」

「あら、女は一分もあれば変わるものよ」

全く、元気な奴だ。まぁ、これこそ冬美なのだろう。雪美が憧れる、誰にも好かれる妹の姿。

初めて二人で登校した。はじめ冬美がクラスに入ると、そのクラスにいた生徒たちが不思議そうな顔をして冬美を見つめていたが、その内視線を外した。

冬美は緊張した面持ちで、口を開く。

「やっぱり緊張するね。なんだか転入した気分」

苦笑いする彼女に、僕は微笑み返した。

「問題ない、君ならすぐにでも馴染むさ」

「でも、うーん。ねえ、今学校でなにか流行ってる話とかないの？　会話のきっかけが欲しいんだけど」

「流行りか。首のない地蔵の話はどうだ？　少し前に生首が乗っていたともっぱらの噂だが」

「……え、この学校、そんな話が流行ってるの？」

「くくっ、一部の間でね。冗談だよ。たまに聞き耳を立ててると、ロックバンドだの、音楽や俳優の話でよく盛り上がってるのを耳にするよ」

僕はクラスを見回す。隣のクラスのため、内部は自分のクラスと机や展示物の配置に違いがある。

そのクラスを見ている際、何か違和感を感じたのだが、僕は隣の教室であることと、冬美がいることだろうと思い、考えるのをやめた。

「じゃあ、僕は隣だから」

「うん、ありがとう」

冬美は早速、クラスにいた同級生に話し掛けた。多分、自分の席を訊くと同時に自己紹介でもするのだろう。

本当に積極的な奴だ。彼女なら、問題ないな。雪美が来なければ、だが。

その日は何事もなく終わり、帰り道を冬美と一緒した。既に友達が出来たと嬉しそうに語る彼女は、眩しいくらいの笑顔を見せる。

「ありがとね、一君。あなたと話さなきゃ、ずっと引きこもりのままだったかも」

「いやいや、僕は何もしてないよ」

そう、驚くべきは冬美の適応力だ。姉に対しての過剰な反応を除けば、彼女の社交性といい性格といい、素直に羨ましいくらいだ。

「それじゃ、また明日！　本当はもうちょっと話したいけど、久しぶりに学校に行ったせいで疲れちゃった」

「ああ、またね」

軽快に、彼女は去っていった。元気なものだ。

僕は帰宅し、日が落ちて暗くなるのを待った。そして公園に赴くと、ブランコを椅子がわりに、空を見上げている雪美がいた。

「……あ、一君」

間の抜けた声で、雪美が呟いた。僕は薄ら笑いを浮かべながら隣のブランコに腰掛けた。

「今日は寒いな。しかし、星はよく見える。観察にはもってこいだが、もう少し暖かくならないと観察には向かないな」

「無理して来なくてもいいんだよ？」

「くくっ、気になると放置できない性質《たち》でね」

「なら、余計な心配なのかな？　そう言えば、今日冬美が学校に行ったみたいだね」

「ああ、なんだ知っていたのか。いや、同じ家に住んでいるんだから、気付いて当然か」

「どうだった？」

「彼女らしかったよ。君の話通りさ。すぐに友人も出来たみたいだ」

雪美がそれを聴いて口元を緩める。

「そうなんだ。よかった、あの子がまた明るくなって」

本当に、自分のことのように嬉しいんだな。僕としては冬美の気持ちは尊重するが、そこまで嫌うほど雪美は悪い人物ではないと思うのだが。

とても妹想いのいい姉じゃないか。それでも、同じ顔、というのが問題なんだろう。

「君は、学校に行きたいとは思わないのか？」

「冬美が嫌がるもの。もう、あの子の居場所を奪いたくはないな……」

悲しそうに目を伏せる雪美。

この姉妹は、中々に放っておけない。なんとか仲直りさせるくらい出来ないものか。

「それに……」

「うん、それに？」

「ううん、何でもない。今のは忘れて、ね？　じゃあ、ばいばい」

「もう帰るのか？」

「うん、今日は早く来ていたから。これ以上は寒くて敵わないよ。ごめんね、またね」

そう言って、雪美は走り去って行った。

まぁ、仕方ないか。僕も鼻水が垂れてきそうだし、早めに帰ろう。

あの姉妹、本当にどうすれば仲を修復出来るのやら。

石は転がり始めた

冬美が登校するようになって、一週間がたった。行き帰りや学校で話すので、冬美が公園にいることはなくなっていた。

雪美は、相変わらず夜にはあの公園にいる。僕は今日も、変わらず学校での出来事を話しに公園へと赴く。

雪美は、曇った空を見上げてブランコを軽く漕いでいた。僕には気付いていないらしい。

近頃、どことなく様子がおかしい気がする。冬美が登校するようになってから、僕が公園に来ると必ず彼女は空を仰いでぼんやりとしている。

「今日は星なんか出ていないぞ？」

「あ、一君。こんばんは」

元気がないらしく、雪美は抑揚のない声で返答してきた。やはり、以前までの彼女ではない。

僕が隣のブランコに座ると、彼女は無心を込めた目で僕を追った。

「最近、妙にぼんやりしているな」

「そんなことないよ」

「そうかね？　何か悩みでもありそうだが」

雪美は再び空を見上げた。静けさと夜の闇が広がるせいか、僕は今、彼女と世界に二人きりのような孤独感に似たものを感じた。

「一君。学校では、冬美にはもうオトモダチがいっぱいいるの？」

「いっぱい、とは言えないかな。ただ、クラスメイトとは大分仲良くなってるみたいだ」

「そうなんだ。……そうなのね」

雪美が俯く。なんだろう、何か彼女の言葉が引っ掛かる。やはり、彼女も学校に行きたいのだろうか。

「今日のこと、聴かせて？」

「あ、ああ」

なぜだろう。いつもなら抵抗なく話せることが、今日は酷く話しにくい。

「ふーん。クラスの女子とは、もう仲が良い人が大半なのね」

「そうみたいだ。全く、君の妹の社交能力は凄いな。こんな短期間で、もうクラスに溶け込めるなんて」

「私の自慢の妹だもの。一君、いつもありがとう。貴方がいなければ、冬美にしても私にしても、きっといつまでもこのままだったわ。これからも、よろしくね？」

「かしこまられると、少し照れるな。くくっ、まぁ頼まれたよ。こちらこそよろしく」

僕の考えすぎだろう。雪美は普段から大人しいし、それが常に一定である訳もない。最近は、冬美のこともあって気分的な変化があったんだろうな。

どことなく感じた疑念をそう解釈し、その後些細な談義を交わして、僕は携帯電話で時間を確かめてから、そろそろ帰ろうと腰を上げた。その時だった。

「あっ、一君。差し障りなければ、私と番号交換してくれないかな？」

そういうと、雪美は白い携帯電話を取り出した。鈴のように鳴るストラップをつけていて、それが揺れて音を奏でる。

僕はそれを快く承知して、互いの連絡先を交換した。

「ありがとう、じゃあまた」

「うん、また色々教えてね」

帰宅して、僕は自室に入った。整頓された部屋を見回して、もう一度卒業アルバムを取り出した。そしてそれを開き、隅に写る雪美を見る。

改めて思うと、彼女はどうして学校に行かなくなったのだろう。冬美に比べれば暗いが、そんなに社交性がない訳ではないのに。

冬美の障害は雪美だった。だが、雪美は何が問題だった？

まあ、今はいいか。それよりも、あの姉妹をどう仲良くさせるべきか。互いに話したがらないしな……。

思考すればするほど夜は更け、気付けば日付が替わっていた。僕は仕方なく、就寝することにした。

僕の目が覚める頃には、朝の七時を回っていた。ゆっくりと身支度を整えて、居間へと降りる。

テーブルに着くと、母さんがトーストを出してくれた。それを朝食として食べてから、学校へ向かおうとした時だ。

「ねえ、一。最近は随分と岩倉さんとこの子達と仲がいいみたいね」

「うん？　まあね。なんでそんなこと知ってるの？」

「この間スーパーに行ったらね、『もしかして、一君のお母さんですか』って訊いてきた子がいたのよ。それで、一と仲が良いって少し話したのよ」

「へえ、そんなに母さんと似てるとは思えないけど。よくわかったなぁ、冬美の奴ねぇ」

「あら、違うわよ。私が会ったのは確か、雪美ちゃんだったかしら。積極的で明るい子よ

その言葉を聞いた瞬間、眉間に皺が寄った。無意識に体が違和感に反応したらしい。

雪美？　あの雪美か？　彼女は、誰かに対して積極的に話し掛けるなんて出来ないと

思っていたが。

「……どうしたの、一。難しい顔して。そろそろ学校に行かないと、遅れちゃうわよ」

「あ、うん。じゃあ行ってきます」

僕は学生鞄を肩に掛け、家を出た。体は住宅街を歩きつつ、脳内では考え事をしていた。

別に悩むことではないはずだ。そうなのか、と一言で終われることなのだが、どうにも得心がいかない。今まで僕が持っていた人物像と異なり、胸の奥のもやもやが晴れない。

どうにも母さんの話が引っ掛かる。雪美にだって、社交性はあるし積極的になる時だってあると思うが、いきなり見ず知らずの人に対して話し掛けられる性格だっただろうか？

なんとなく気になったから話し掛けてみた、というやり方は、雪美ではなく冬美がやりそうなことだ。

住宅街がいつの間にか切れ、学校が見えた。相変わらず廃校のような雰囲気だ。

やれやれ、考えても仕方がない。雪美に訊きたいことが溜まる一方だし、ここらで訊いてみるか。

校内に入って内履きに履き替えて教室へ向かう。自分のクラスに着くと、その教室の前で、挙動不審な動きをしている冬美を見つけた。

僕が近付くと冬美は、あっ、と声を漏らして、駆け寄ってきた。どうやら僕に用があるらしい。

「どうした？　いつもの君らしくないが」

「ね、ねえ、私は冬美よね？」

「は？」

「私は岩倉冬美よね？」

「当たり前だろう。若年性の認知症にでもなったか？」

冬美はまだ困惑しながら、自分の胸に手を当てた。

「なってないよ。でも、そうよね、当たり前よね」

「落ち着いたなら、説明が欲しいな。いきなり訳のわからないことを言われると、非常に対応に困るのだが？」

「あっ、ごめん。実はね、上手く説明出来ないんだけど、おかしなことが起きているの。私が話した記憶のないことを友達に言われたり、さっきなんて、今来た友達に『あれっ、もう着いてたの？　さっき、家に忘れ物したって走って戻ってたのに』なんて言われたのよ？　もう訳がわからないわ……」

何かが冬美の周りで起きている。といっても、冬美に間違われる人物なんて雪美しかいない。彼女は何を考えているんだ？

雪美が冬美に成り代わって、冬美の友人に接触しているのか？　その真意は謎だが、彼女以外にこんな真似は出来ないだろう。

「私は、姉さんが何かしてるんだと思う。なんなの？　姉さんは、そんなに私が学校に行くのを邪魔したいの？」

「雪美が何をしようとしているのかがわからないが、まぁ落ち着け。気味が悪いかも知れないが、別に嫌われたとか、そういうことはないんだろう？」

「それはそうだけど、こんな真似をする姉がいるなんて知られたら、私まで気持ち悪く思われちゃうじゃない。……姉さんは、夜にあの公園にいるのよね？　今日、私も行くわ」

冬美は怒りに燃えた目を僕に向けた。威圧された僕は、そうか、と一言呟くので精一杯だった。

とりあえず、それぞれの教室に戻って、今日一日の授業を終わらせる。

放課後に冬美と合流して、今日の相談をした。一旦互いの自宅へ戻ってから、冬美が雪美の動向を探り、雪美が家から出たら冬美が電話で知らせるということで合意した。

自分の電話番号を教えておき、冬美と別れて自宅へ戻る。自室のベッドに寝転がりながら、僕は本を読みつつ夜を待った。

それにしても、雪美は何を考えて冬美を怒らせるようなことをしたんだ？　仲良くしたいんじゃないのか。嫌悪感を逆撫でるようなことをするなんて、その気がないとしか思えない。

待てよ。そもそも何かがおかしくはないか。彼女が冬美を名乗り、さも自分の友達のように振る舞うことがおかしいことはもうわかりきっているが、もっと根本的に見落としていることがあるような……？

無意識に、手元に置いていた黒一色の携帯電話を開く。

雪美に直接電話を掛ければいいだろうか。しかし、それは冬美を裏切る行為のような気がして、僕は開いた携帯電話を静かに閉じた。

整然とした部屋の中で、ただ時間が過ぎていく。そんな中で、携帯電話が鳴った。知らない番号だ。恐らく冬美だろう。

電話に出ると、冬美が何故か声を小さくして話す。

「もしもし、今姉さんが家を出たわ」

「わかった。なんで小声なんだ？」

「気分かな。こういうの、刑事とか探偵の尾行みたいじゃない？　なら、自然とバレないように声も小さくなるわよ」

冬美は楽しげな声を上げた。本当に、感情の起伏が激しいものだ。朝、あれだけ怒っていたというのに、今は笑っている。きっと、公園に行ったらまた怒るだろうがな。

電話を切ってから、僕は上にジャンパーを着て家を出た。並ぶ家の明かりと街灯に照らされた道路をなぞり、公園へと向かう。

公園のブランコには、雪美が座っていた。今日はすぐに僕に気付いて、胸の前で軽く手を振ってくれた。僕もそれに応える。

どうやら、まだ冬美は来ていないらしい。まあ、間もなく来るだろう。

雪美の隣のブランコに身を落とす。すると、雪美は饒舌に話し始めた。

「今日はあまり星が見えなくて、残念ね。一君、今日も学校のこと、聴かせてくれるかな?」

いつもより明るい声に、僕は少し戸惑いながらも話し始めた。もちろん、冬美が言っていた成り代わりとおぼしき件を除いた、今日あった他愛ないことをだ。

それを話している内に、僕はふと、朝に母さんが話していたことを思い出した。

「そう言えば、僕の母さんに会ったって? よく僕の母とわかったね」

「わかるよ、だってよく似ているもの」

雪美は口元に軽く手を当てて笑う。その笑い方に、僕は愛らしさを感じてしまった。そのため恥ずかしさから体が勝手に動き、頭がそっぽを向く。

その時、足音が聞こえた。雪美がそれに感付いたらしく、えっ、という声を漏らした。

「ふ、冬美? どうしてここに……」

僕が声に反応して、小さな公園の入口を見ると、そこには雪美と同じ顔の少女が立っていた。

冬美が雪美の前に立つ。その顔はやや厳しい。

「……姉さんとまともに話すのは、いつ以来かな。まあ、いいや。姉さん、一体どういうつもり？　なんで私に成り済まして、友達に干渉するのよ！」

「ごめんなさい。そうでもしないと、調べられないと思ったから」

「調べる？　何を調べるっていうのよ」

「……貴女のお友達が、本当にいい人なのか心配だったの。もしかしたら、貴女を苦しめる人がいるんじゃないかと思って」

雪美が俯く。ある程度伸びた髪が頬を隠し、横から見ている僕には表情がよく見えない。

「いるわけないでしょ、そんな人。大体、私が不登校になったのは虐められていたからじゃないわ！　あんたがいたからよ。姉さんがいなければ、私は楽しく過ごせるの。わかったら、もう私に干渉しないで！」

烈火の如く怒る冬美の言葉に、雪美は身を震わせて、俯いたままになってしまった。

「少し、落ち着け。雪美は君を心配してこんなことをしてしまったんだ」

「心配？　これが私のためにしたというの？　それならとんだ迷惑よ！　この際だからはっきり言うわ。私はあんたなんか大嫌いなのよ！　話したくないし、近寄りたくもない。もう二度と私に関わらないで！」

その辛辣な台詞を吐いて、冬美はその場を足早に立ち去った。

僕と雪美の間に、言い得ぬ気まずい空気が流れる。それは僕をブランコに押し付けて、動くことすらままならなくした。

冬美が憤怒の感情を隠すことなくさらけ出すのは、想像していた。だが、それはあまりにも痛烈なもので、僕の脳では雪美を励ます言葉が浮かばない。

ただ、俯いたままの雪美。ブランコも揺れず、そこに置かれた石像のように動く気配がない。

彼女は今、泣いているのか。それとも、妹に突き立てられた酷い言葉に、放心しているのか。

どちらにせよ、心に傷を負ったのは間違いない。

しかし、僕には慰める言葉は浮かばない。その代わり、疑念が湧いてきた。

雪美はなぜ今回のようなことをしたのか。冬美と過ごしてきた期間は、当然ながら雪美の方が長い。それならば、彼女の気性もよく知っているはずじゃないか。

それだというのに、どうしてこの展開になることがわからなかった？

ただでさえ嫌悪されているのだから、冬美に成り代わってその周囲を探るようなことをすれば、今のように徹底的に拒絶される姿が目に浮かぶはずだろうに。

いや、もしかしたら、雪美はこうなることがわかっていたのではないか？

なぜ？　そんなことをして、彼女になんの利点があるというのだ。

いいや、あるはずがない。大体、雪美は冬美のことを理解し、仲を良くしたいと願っていたじゃないか。

頭の中で、さまざまな線が絡まり、全くほどけなくなった頃、思考の海から、現実の陸へと戻る。雪美の様子は全く変わっていなかった。

非常に声を掛けにくい。だがいつまでもこの状態のままでもいられず、僕は意を決して話し掛ける。

「……随分と、怒らせてしまったな。だが仕方がない。君はやってはいけないことをしてしまった」

雪美からの返答はない。僕は少し待ってから、再び口を開く。

「なぜだ。なぜ、わざわざ嫌われるような真似をしたんだ。心配だからと言っても、していいことと悪いことがあるぞ」

「……るね」

「え？」

「帰るね。冬美も帰っちゃったし、謝らないと。一君、またお話ししようね」

僕は目を見張った。信じられなかった。雪美は泣くどころか、笑っていた。

いつもと変わらない優しい微笑みを浮かべて、雪美は夜の闇と住宅の明かりが交差する道路を歩いていく。

微かに見えた、気味の悪い歪んだ口元を最後に、彼女は夜陰に隠れて僕の視界から消えた。

僕は、しばらくその場に留まる。考え事をしていた訳ではない。

肌に張り付く寒気と、胸の奥に沸き上がるざわめきを抑えるためにその場に残った。

僕は自分が感じるものが何かを理解した。それは恐怖というもので、雪美に対して抱いたのだと気付いた。

坂を転がる石は傷付いて

嫌な予感がする。僕は小綺麗な部屋のベッドに腰掛け、本を読みながらそう思った。

本の内容などではなく、僕は二日前の冬美と雪美の姉妹の件を頭に思い浮かべていた。

雪美が見せた、あの笑顔が脳にこびりついて離れない。

あの笑顔はなんだ。僕の見間違いだったというのか。いや、確かに彼女は微笑んだはずだ。それも普段通りに。

それがまるで理解できなかった。雪美は冬美に対して、羨望や好意を抱いていたはずじゃないのか。それだというのに、あれだけ言葉の刃を突き立てられて、どうして笑うのか。笑えたのか。

二日前から、雪美は公園に来ていない。昨日、冬美とは学校で話したが、冬美はいつも通り明るい調子で話していた。

その時、冬美に対して腹がたったことを覚えている。

確かに雪美は異常なことをしてしまった。怒るのも、無理はない。だが、だからといってあれだけの暴言を吐いて、罪悪感を微塵も覚えた様子のない彼女に、僕は心底嫌悪した。

切り替えが早いといえば、聞こえはいい。だが、少しは言い過ぎたと後悔してもいいのではないか。

より溝と謎が深まり、僕はどうするべきかを悩んでいた。傍観する立場にいるが、それがどうにも厄介だ。

勇んで介入していいものでもない。かといって、面倒だと投げ棄てられるものことでもない。

その微妙な境界線にいる以上、僕はきっと、この焦燥に似た感情に苛まれ続けるだろう。

僕は読んでいた本を開きっぱなしのままにして、停止していた自分に気が付いた。

おかげで本には、そのページに癖が付いてしまった。僕はそれを見て、何を考えることもなく本を閉じる。

雪美に連絡でもしてみようか。冬美に訊いたところで、何も語ろうとはしないだろうし、何よりも何も知らないだろう。

彼女は何も知ろうとしない。ただ、実の姉を拒絶し続けている。だからこそ、訊いたところで無駄骨を折るだけだ。

僕の傍らに無造作に置かれた、携帯電話を眺める。それを遠くから見るようにしながら、手を伸ばすか否かを考えて、結局僕はそれを止めた。

明日は公園にいるかもしれない。もしいなければ、その時こそ連絡を試みよう。

そう考えて、僕は土曜の休みを終了させた。

日曜日の朝が来た。僕は寝間着のまま、部屋を出て居間へと降りる。母さんが朝食を用意してくれていた。

献立は、白米に豆腐とワカメが入った味噌汁と焼き魚だ。

僕は基本的に、平日も休日も起きる時間が変わらない。そのため、僕が席に着いて食事を開始した時、時計の針はまだ七時を指していた。

「一は相変わらず早起きねえ」

「僕は母さんに似たんだよ。母さんだって、毎朝早いじゃないか」

「あら、だって不規則な生活は心身を堕落させるものよ？　いつまでも健康でいたいじゃない」

そう言って、母さんは優しい笑みを僕に向けて、台所に立った。そう言えば、僕もこの生活を続けてから風邪を引いたことがない。

楽しい一時を母からもらい、悩みっぱなしだった僕の頭は癒された。

それから休み一日を満喫し、自室に戻って夜を待った。太陽が沈みだし、夕闇が僕の家を囲む。部屋が暗くなったので、電気を点けて蛍光灯を点灯させる。

まだ少し早いとは思ったが、僕は窓の外を覗き込み、こじんまりとした公園を見てみた。

するとʼ、まだ薄暗がりの中で、何かが動いているのに気が付いた。それがブランコを漕ぐ雪美だとわかって、僕は適当に紺色のジーンズに、長袖で白地のシャツに着替え、さらに上に黒のジャンパーを着てから慌ただしく降りて、そのまま靴をちゃんと履かずに外に出た。

駆け足で公園に向かう。数軒ほど住宅を過ぎて、家と家の間の小道から、自宅の裏へと向かう。

自宅の裏側にあるちっぽけな公園に着くと、雪美らしき人物はブランコを漕ぐのを止めて、こちらを見た。

僕が歩み寄ると、こんばんわ、と声を掛けられる。やはり雪美だった。しかしなぜか右頬の目の下あたりに絆創膏を貼っていて、僕はそれに目を奪われてしまう。

それに気付いたのか、雪美は笑った。

「あんまり見られると、恥ずかしいな」

「うん、ああ、すまない」

僕は椅子がわりに、ブランコに据わった。

「二日くらいいなかったのかな。ごめんね、連絡もしなくて」

「くくっ、いいさ。連絡がなくとも、僕の部屋からここは見えるから、いるかいないかはわかるよ」

う。


「冬美は、どう？　何か変わったことはあった？」

「そうだな。いつも通り元気だったし、明るく友達と話していたよ」

それを言ったとき、無意識に声が鋭くなっていた。冬美が薄情な奴だと思ったせいだろう。

雪美は、僕の考えとは逆らしい。嬉しそうな笑顔を僕に見せつけた。

「そうなんだ。良かった、本当に楽しそうで」

「……なあ、雪美。君はおかしいぞ。冬美にあれだけ拒絶され、罵倒されて、どうして笑っていられるんだ。普通なら、悲しんだり憎らしかったり思うものだろう？」

雪美は穏やかな表情で首を傾げた。彼女に理解出来ないのは、僕の考えの方らしい。

「私にとって、自分なんてどうでもいいの。冬美が大切なのよ。だから、あの子が望む通りにしてくれることが、私は何より嬉しいわ」

そう言って、雪美は空を仰いだ。僕もつられて空を見上げると、どこまでも続く漆黒の天井が、僕たちを見下ろしていた。

僕は心に溜まっていた疑念を、白い息と共に吐き出す。それは闇夜の空に溶けて消えた。

「自虐的だな」

ようやく静止していた時を動かした言葉が、これだった。我ながら情けなく思うほど、配慮も何もない。

だが雪美は僕を優しく見つめた。その瞳は無垢な輝きを秘めている。

僕は頬を人差し指で掻いた。そんな目で凝視されると、非常に心が痛くなる。その視線から逃れたくて、僕の挙動は怪しくなった。

それを知ってか知らずか、雪美が口元に手を添えて愛くるしく笑った。

「そうね。はっきり言うなぁ、一君は。でも、言っておいて自信をなくすのはどうかと思うな」

「僕だって人間だ。その、配慮はあるさ。今はそれを忘れて言ってしまったから、後ろめたい気持ちがあってね」

「じゃあ、次は気をつけてね」

やはり、雪美は笑う。彼女は素直に魅力的だった。冬美とは違うその清楚な笑顔を、僕は好きになっていた。

再び絆創膏に目が移った。やはり気になってしまう。それは、雪美の顔を見ながら話しているから仕方のないことだ。

「気になる？」

唐突に言われ、僕は言葉に詰まった。しかして興味はあったので頷くと、雪美は絆創膏に指を這わせる。

「冬美にね、殴られちゃって」

「なんだと?」

「ああ、でも私が悪いの。冬美を怒らないで」

「君が悪いといっても、やっていいことと悪いことがあるだろう。殴るなんてやりすぎだ」

「いいの。冬美だから、いいのよ」

「君がどれだけ冬美を愛しているにせよ、甘やかしすぎだ。もう度の超えたことをしているんだぞ!」

僕は熱を込めた声を出してしまった。それにはさすがに驚いたのか、雪美の表情に陰りが見えた。

僕は自分の頭に血が上ったことを感じて、少しその血が下がるまで口をつぐんだ。

「それでも、私は冬美が望んだ通りの人生を歩んでほしいから……。ごめんね、心配してくれたのに」

僕は溜め息を吐いた。何を言っても無駄だろうと察したゆえだ。彼女も大概、頑固らしい。

「冷えてきたし、そろそろ帰ろうかな。またね、一君」

雪美はブランコから静かに立ち上がると、一度僕に向かって微笑んで、その場から歩み去った。

僕も重い腰をあげるようにしてブランコからゆっくり立ち上がると、また緩慢な足取りを進めた。


で自宅へ向かう。

どうにも納得できない、熱量の上がった頭を夜風で冷ましながら、僕は影の世界へと足を進めた。


次の日、僕は学校に着くと、玄関口で冬美に出会った。彼女は友人と語り合い、笑っていた。

「一君、おはよう」

なぜかよく通る、聞き取りやすい声で冬美はそう言って、友人と共に自分の教室へと歩いていく。

僕は彼女を見る目が変わっていた。僕の意識の中では、冬美は雪美を殴った加害者だ。

雪美は冬美の成り代わりをしたが、それでも冬美に対して感じる嫌気は感じなかった。

彼女はこれからも、雪美に対して暴力を振るうのだろうか？　いや、さすがにそれは考えたくない。しかし、また起きる可能性は否定できない。

とりあえず、僕は思考しながら靴を履き替えて、教室へと向かった。

その日は短く感じた。恐らく、あの双子について考えていたからだろう。おかげで先生に指されても、話を聴いていなかったせいで問題がよくわからず、何度か怒られてしまった。

自業自得ではあるが、今後も同じことがあり得る話だ。その場で学ばないのではない。学んでも、やめられないことだってあるのだ。

あの双子の一件に、僕は入れ込み過ぎているのかもしれない。

放課したところで、僕は掃除を終えてから下校した。

校門を抜けて、真っすぐに突き進む。

住宅が密集する地域をのこのこと歩いているうち、思い付きで岩倉家を探してみた。

僕は確実に双子の件に首を突っ込んでいる。今更関係ない、知らぬ存ぜぬとは、どうしても決められなかった。

その内、表札に岩倉の文字を発見した。あの二人の家は、どこにでもある普通の家だった。庭はなく、車が詰めて二台入るスペースがあるだけで、あとは白壁に黒い屋根と、特に面白味もない。

そう言えば、あの二人の両親を見たことがない。母さんの話だと、ここの家族は会うことが稀にしかないそうだ。相当人付き合いが悪いのだろう。

家に籠りっぱなしとは、一体どんな生活を送っているのやら。

岩倉家を観した後、僕は再び帰路につこうとしていたが、すぐ近くから聞こえた足音に気付いて振り返った。

するとそこには、なんとも言えない、暗い色合いのセーターに、花柄のひらひらとした長いスカートを履いた雪美が立っていた。

そして、恐れていた事態が進行していたことを知る。

雪美の顔の絆創膏は、二つに増えていた。

僕がそれを見て足を止めていると、雪美が僕の視線に気付いて新しい絆創膏を撫でた。

「えと、これは、ね」

「またか？」

僕の問いに、雪美は首を縦に振る。

「でも、私が悪かったからいいの。階段で鉢合わせになって、私が冬美の通行を邪魔しちゃったから」

「それで納得できると思うのか？」

僕と彼女に、重苦しい空気がのし掛かるのがわかる。その証拠に、僕達は一言も話せなかった。そのまま数分程の時が経つ頃に、雪美が歩き出した。

そして自宅のドアの前に立ち止まり、僕に背を向ける。

「君は、それでいいのか」

「いいの。……でも、本当は嫌よ」

雪美はそれを最後に、自宅へと入った。

僕は浮かばれないような思いで、再び道路を歩き始めた。どうせそんなに離れていないから、自分の家にはすぐに着いた。

僕は家のドアに手を伸ばしたところで、その手を引っ込めた。そして、自宅から夕焼け色に染められた道路へと戻る。

夕飯時だからか、風に乗って腹の虫をつつくような、美味しそうな香りが漂ってくる。それに誘われるように、ふらふらと目の前に続く道を進んだ。

僕はどこに向かっているんだ。

自分でもよくわからないが、今は一人になりたい気分だった。考えたいことも謎なのに、一人考え込みたいという思考が、僕の頭を占めている。

気付けば、僕はブランコしかない小さな公園の前にいた。

誰も乗っていないブランコが二つ、風を乗せて微弱に揺れている。

僕は風を押し退けて、左側のブランコに腰かけた。漕ぐわけでもない、ただの椅子代わりにして。

風に当たりながら、何を考える訳でもなくそこで過ごした。それから、どれだけ時間を無駄にしたのだろう。

夕日は落ちて、周囲は暗くなっていた。幸い住宅地の中にある公園だから、家々から漏れた光である程度明るさは保っている。

夜風が気持ちいい。

だが、いつまでもここにはいれないな。

ブランコから立ち上がり、僕は夜の町を歩みだした。途中、近くの家から子供を叱るような声が聞こえたりして、少しばかり愉快な気分になった。

だが、途中であの家の前を通った時だ。

岩倉の表札がある家の前を歩いた時、ふっと視線をドアに向けると、そこには外灯に照らされた誰かが座っていた。僕はそれを二度見する。

相手も僕に気が付いたらしい。一瞬驚いたような顔をして、目を擦った。

「雪美？」

彼女はすぐに反応しない。執拗に目を擦っている。よく見れば、その目は赤く、濡れている。涙だ。

「は、一君。嫌な時に会うね」

「どうした？　こんな夜更けに」

僕は泣いていることには触れず、黙ってズボンのポケットからハンカチを取り出して、雪美に差し出した。

雪美も黙ってそれを受け取り、目に当ててからこちらを見る。

「ちょっと、追い出されて」

「冬美にか」

「うん」

僕は悩むことなくインターホンを鳴らしていた。雪美はやはり驚いていた。

少し経って、足音が聞こえだし、ドアが開けられた。そこから冬美が顔を出して、僕を見るなり困惑した表情になる。

「一君。ど、どうしたの、こんな時間に？」

「どうしたもこうしたもあるか。たまたまこの家の前を通ったら、雪美がドアの前で膝を抱えて座っていたんだよ。お前が追い出したそうじゃないか」

「それは……」

一瞬、冬美が雪美を一瞥した。だが、僕がそれをしたことにより睨みを強めると、冬美は立場がないのか苦々しい顔を作る。

「姉さんは、私に成り代わって変なことしてたのよ？　罰くらい与えるのが筋じゃない」

「暴力を振るうのが罰か？　それ以上に何かしようというのか？」

「姉さんは私の信頼関係を壊そうとしたのよ!?」

「実際、壊れたのか？　そうは見えないがな。確かに、雪美がやったことは良いことなんかじゃないさ。だが、ここまで酷いことをされるようなことでもない」

「酷い？　当然の報いでしょ！　あんな気持ち悪いことをして、私が嫌われるような真似をして！」

「だからといって、まだ寒いこの時期に外に追い出すなんて、雪美が死んでしまうぞ！」

「別にいいわ！　死んでしまえばいいのよ、そんな奴！」

緊迫した状況が生まれる。僕は素直に怒りを覚えた。無論、冬美にだ。

本来であれば、被害者は冬美だ。だが、同時に許しがたい加害者でもある。

「……死んだ方が、良い」

雪美は俯く。耳ざとく雪美の呟きを聞き取ったのか、冬美は雪美に敵意を込めた眼差しを向けた。

「そうよ、私達はどちらか片方、つまり私だけがいればよかったのよ！　どうしてあんたなんかと一緒に生まれたのかしら」

「お母さんも、言ってたね」

「え？」

冬美は雪美の言葉に驚いたらしく、目を見開いた。

「冬美は、知らないんだね。じゃあ、知らない方がいいよ」

「な、何よそれ？　嫌よ、聴かせなさい。母さん達が帰るまでにね。仕方ないから、家に入れて上げるわ」

冬美が雪美に歩みより、雪美の手を掴んだ。引っ張るようにドアの中に連れていく。だが雪美は嫌がらず、ただ吸い込まれるようにして家の中に入っていった。

僕はそれを見ていただけだった。

砂がスニーカーに擦れて、聞こえの悪い音を発する。僕はあの妙な双子の会話を脳内で反響させながら、家へと向かって歩き出した。


次の日は雨だった。小雨ではあったが、黒雲が空を覆い、濡れたアスファルトに点々と水溜まりを作っている。実に気分を悪くする一日になりそうだ。

僕が歩む住宅地は静まり返っている。いや、雨が降り注ぐことによる雑音しか耳に入らないという方が正しい。

僕は雨が嫌いだった。傘がなければ下着まで濡れることになるし、何より町全体を沈んだように暗く、重い風景に変えることが許しがたい。

いや、今は特に雨になってほしくなかったからこそ、こんなに天が憎々しいと考えてしまうのかもしれない。

晴れない空と同じく、僕の心には暗がりが広がっていた。

何かがおかしい。いや、僕の身の回りで、すぐ側で、身近なところで何かが狂いかけているような。

そんな気がしてならない。気のせいならばいいのだけど、そんなことがないのが現実だ。

雪美が妙なことを言っていた。

母親が言っていたという、一般家庭の普通の暮らしをしていた僕には理解出来ない一言だったと記憶している。

冬美が言った。自分だけが産まれたらよかったのに。どうして雪美と共に、この世に生を受けてしまったのか、と。

雪美の返答は、母親も言っていた、というものだった。

衝撃だ。その一言は重く、しかし鋭い一撃で、僕の心を貫いた。

雪美と冬美。彼女達の境遇は、およそ僕とはかけ離れている。見ている景色も、思いも、その全てが。

ああ、出会った頃には戻らない。あの頃には、こんな思いをすることになるとは思わなかった。

ただ、変わった友人が増えたと思ったのだが、今では出会わなければよかったと後悔をしている。

坂の上。そう、坂を転がり始めた石はもう止まらない。坂の終わりか、その石そのものが砕け散るまで。

「雨、止まないな」

黒雲は浮かぶ。覆う、そして嘶く。

雷光が黒雲に亀裂を入れた時、僕はうらめしく空を見つめながら傘を閉じて、自宅に入った。

ひび割れ

僕が学校に着いた時、靴箱の前で冬美を見掛けた。数日ぶりに見たと思う。

心なしか、冬美は顔色が優れないように見受ける。風邪でも引いていたのだろうか。

「やあ、おはよう」

声を掛けることに躊躇いはあったが、声を掛けずに素通りするのも気が引けたので、挨拶だけしてみた。

すると冬美は肩を上下させ、まるで怨霊でも見たかのような、怯えた目を僕に向ける。

冬美は僕を見てから、一息吐いた。そして肩を下げて、引きつる笑みで挨拶を返してくれた。

多分だが、あの日雪美と話したことで彼女の精神状況が変わったのだろう。

彼女は僕と顔を合わせているが、周囲が気になるのかどこか忙しない。何が気になるのかはわからないが、とりあえず教室に向かうとしよう。

「なんだ、頻りに目を動かして。誰か待っているのか？　それとも何か気になるのか」

「え、いや、別に……」

「そうか。なら、僕は教室に行くよ。どうせ隣だし、一緒に行かないか」

「う、うん！」

どうやら嬉しいようだ。

僕といる間も、彼女は幽霊でも気にしているのか、やたらと何もない場所に視線を動かしていた。

正直言って、岩倉家のことがあったから、冬美とは確執のようなものが生まれているのではと思っていた。

だが彼女にとっては僕の懸念はどうでもいいことらしい。いや、それよりも、気になることがあると見ていいだろう。

教室に着いたところで、冬美には冬美の友人達が合流した。そこで僕は彼女と、別れて教室に入る。

僕の席は窓辺の最前列にある。そこに腰掛けて、鞄を机の脇に掛けた。

今は八時二十分だから、授業開始まではあと十分程か。

窓の外を見遣ると、空は曇っていて、あまり良い光景は見ることができなかった。朝だというのに、町には暗がりが広がっている。

町並みを眺めていた時、学校の校門付近に目が止まる。僕はそこにいた人物に、酷く驚いて窓に張り付いてしまった。

朝、靴箱の前で見た顔だ。

夜、あの公園にいた少女だ。

あれは、雪美以外の誰でもなかった。

冬美と同じ制服で、顔で、体躯で、こちらに歩んできた。

どういうことだ。彼女が、なぜ学校に？

冬美のためにも、彼女は行かないのではなかったのか。そうだ、冬美はどんな反応を示しているのだろう。

やはり拒絶し、憤慨するのだろうか。まさか歓迎はしないだろうが、いやしかし。

困惑する僕など無視して、時は進行した。少し経ってから、僕の教室の戸が開く。

雪美が入ってきたのを見て、僕はますます考えが硬直してしまった。彼女は隣のクラスのはずだ。なぜこのクラスに？

雪美は僕の前に来て、口を開いた。

「おはよう、一君。驚いたでしょ。私も学校、通うことにしたの」

「驚愕したせいで、腰が抜けたよ」

「そんなに意外だった？　でも、これからはあの公園以外でも話せるから、またお話ししようね」

僕の好きな笑顔を見せてから、彼女は隣のクラスへと去っていった。

その後、僕は上の空になっていた。学生の本分である勉学にも力が入らず、頭に浮かぶのはあの双子のことばかりだ。

昼休みになって、僕は隣のクラスを覗いて見た。そこには、一人隅で昼食を摂る雪美と、友人と共に食事を楽しむ冬美がいた。

見慣れぬ光景、滅多に見ることの出来ないものだろう。

同じ顔をした二人が、全く別々のところで、これまた違う昼食の摂り方をしている。

教室の入り口で突っ立っているのも気が滅入るので、僕は恐る恐る冬美達の教室に入り、ひとまず一人でいる雪美と接触した。

「やあ」

「あら、一君。やあやあ」

雪美は和やかに笑った。

「久し振りの学校はいかがかな?」

「うーん。やっぱり大変だね。授業に、追い付けないから」

「そうか。まあ、学ぶ気があるなら問題ないさ」

「じゃあ、私は何も気にすることないね」

訊くべきなのか、それが僕にとっての問題だ。

無難な会話をしてみたが、雪美は普段通りの、口調だ。冬美について、あの時のことを問うてみてもよいのだろうか。

「この間は、色々とごめんね。変な心配、かけちゃったよね？」

心を読まれたのかと思って、僕は口を開けて絶句した。それを見て、雪美は笑む。

「一君は、私達のことが気になってるんでしょう？」

「ああ、何せこの短期間に色濃い出来事ばかりだったたからな」

「そっか。ねえ一君。家に来ない？」

時が止まったような気がした。

自ら虎の穴に突っ込むかのような話だ。だがしかし、僕は断るという発想を持ち合わせなかった。

この際だ。訊きたいことは全て訊いてしまおう。

「じゃあ、お邪魔してもいいかい」

「もちろん」

目の端で、冬美がこちらを見ていたことに気付いたが、僕はそれに気付かないふりをした。

それから放課後までは、実に長い時間となった。時計は散々に僕を焦らしてから、ようやく授業の終わる時刻を示した。

靴箱で雪美を待つ。そう待たずして雪美が歩いてきた。既に双子を見抜く目を持ち始めている自分に驚いた。

雪美も冬美も容姿に違いはない。あるとすれば、態度や歩き方だろうか。

雪美は姿勢良く歩くし、常に落ち着いているというのが僕の印象だ。逆に冬美は無駄な動作が多い。話している時に、手を一緒に動かす癖がある。

正に真逆だ。今は物静かに歩いて来たから、すぐに雪美と判断できた。

「よし、じゃあ一君、行こうか」

僕達は並んで帰路に着いた。差し障りのない世間話をしながら、廃墟のような学校を後にして、岩倉家へと向かう。

岩倉家に着いたころには、夕日が町を照らしていた。僕は少し足を止めてその夕焼け空を見てから、雪美に続いた。

お邪魔してみると、岩倉家は綺麗なお宅だった。明かりを点けたせいもあるのかもしれないが、フローリングの床は光り、壁は染み一つない白。

玄関からおそらくリビングに繋がるドアの間に階段があって、雪美がそこを上ったため、僕もその後ろを着いていく。

弧を描き損ねたような、半端に曲がった階段を上りきると、廊下が横に伸びていた。階段を上がってすぐのところにあるドアを開けて、雪美は僕をその中へと誘う。

緊張しつつも中に入ると、そこは非常に殺風景な部屋だった。

部屋の右隅にベッド、その反対に勉強机。その隣に小さな棚があって、少々の本が棚の上に並んでいる。

それしかなかった。

唖然としながらも、押し入れを背に棚の横に座る。雪美はドアを閉めてから中に入ると、ベッドに腰かけた。

「何もなくて、驚いたでしょう」

「君はこれだけのもので、欲求不満になったりしないのか」

「ならないよ。私、ごちゃごちゃするのは嫌いなの。なんでもかんでも押し入れにいれていたら、いつの間にか部屋がすっからかんになっちゃった」

そう言って、雪美は肩をすくめる。

その時、下から開閉音が聞こえてきた。

「あら、冬美も帰ってきたみたい」

階段を上る音を聞いていると、それは雪美の部屋の前で止まった。僕と雪美が顔を見合わせ、僕が立ち上がってドアを開けた。

ドアは内開きなのだが、開いた途端に僕の腹に冬美の頭がぶつかってきた。どうやら盗み聞きをしようとしていたらしい。

「一応、訊こうか。何をしている？」

「い、いやね、家に一君が来るとかって聞こえてたから、もしかしたら姉さんの部屋にいるんじゃないかと思ってね、それで……」

「聞き耳を立てていたと？」

冬美は乾いた笑い声を出しながら、僕から離れた。何気なく雪美を見遣れば、肩を震わせて笑っている。

「ちょっと、笑わないでよ。姉さん！」

「だって、可笑しいんだもの」

恥ずかしいのか顔を赤らめる冬美と、それを見て口に手を当てながら笑う雪美。

今の二人は僕の知っている二人ではない気がして、微笑ましい。

「どうせなら、冬美も一緒に語ろうじゃないか」

「それはいい考えね。冬美、どうかしら？」

「わ、私は……」

冬美の目には、僕が今朝見たものが宿っているように見受けられた。

彼女の怯えは、どうも雪美に向けられているらしい。

「いや？」

雪美にそう言われて、冬美は曖昧に受け答えしたのち、黙ってドアを閉めてから、ドア付近に座り込んだ。

僕もまた棚の横に再び座って、滅多にない三人による会話を始めた。

「僕とどちらかが話すことはあるが、こうして三人揃って話すのは初めてかもしれないな」

「今までだってあったじゃない」

「確かにあったな。しかし、君が怒って急に断絶された記憶しかないぞ。あれは会話にもならないだろう」

「だって、無性に腹が立ったんだから仕方がないことだったのよ」

冬美はつんと顔を背けた。

「まあ、それはさておきだ。学校生活はどうなんだ」

「そうね、概ね良好よ。友達も増えたし、こう見えても私は優秀だから、授業もちゃんと理解出来てるからね」

「意外だな」

「一君、失礼だよ！」

「すまんすまん」

怒っているようで、冬美は笑っていた。明るい笑みだ。

「楽しいみたいで、私は嬉しいわ」

「……姉さん、喜んでくれるのは嬉しいんだけど、どうして突然学校に来たの？　私の周りは姉さんの話題で持ちきりだったわ」

冬美は不機嫌そうに表情を堅くした。雪美はさして気にすることもなく、微笑みながら首を傾げる。

「どうしてって、私も冬美を見ていて、このまま不登校でいるのはいけないんじゃないかって思ったからよ？　貴女には、悪いと思うのだけれど」

雪美の目線が下に落ちる。

冬美は雪美から目を逸らして、そう、と一言だけ呟いた。彼女が左手で右腕を掴んでいるのが、僕は気になった。

「そう言えば、冬美。もう雪美に暴力を振るっていないだろうな？」

「まあ、ね」

「なら何よりだ。……なあ、それはあの時、雪美が言っていたことが関係していたりするのか？」

冬美は掴んでいた右腕を、より強く握り締めた。そして、僕に対して当惑した目を向けた。

「そ、それは」

「関係あるよ」

冬美は僕の方を向いたまま、身を強張らせて雪美の方へと目だけを動かした。

「あの時私が言ったこと、やっぱり気になったんだね。そう、私達双子はね、両親に嫌われているのよ。幼い日に偶々聞いてしまったの。『どうして二人も産まれたのだろう、どちらか片方だけで良かったのに』ってね」

僕はそれについて、深くは訊くことが出来なかった。だから閉口してしまう。

雪美の様子はいつもと変化を見せなかったが、冬美は怯えたような顔で俯いている。

いつだか、冬美が言っていたな。家族仲が良くないと。なるほど、両親にはそんな考えがあったのか。しかし、自分達の子を可愛いとは思わなかったのだろうか。

いや、会ったこともない人物らの詮索は後だ。それよりも、冬美の怯えようはなんだというんだ？　別に、親に嫌われているというだけで、こうも怯えた様子にはならないだろうに。

となれば、やはり彼女の心配の矛先は、雪美だろう。

とりあえず考えることをやめて、僕は重くなった空気を変えるため、苦し紛れに話題を変換した。

「それで、姉妹仲は良くなったのか？」

「どうしてそんなこと言うのよ！」

「いや、協力する意識だとか、そういうものが浮かぶような話だと思ってな」

冬美は不安げな眼差しを雪美に向けた。それに対して、雪美は穏やかな笑みで返す。

「一君は事情知ってるんだから、解るでしょう？　そう簡単に私達の溝は埋まらないわよ」

「そんなこと言わないで、冬美」

「な、なんで？　なんであんたがそんなことを言うのよ？」

冬美は狼狽えた。予想しない返答だったのだろう。僕も驚いた。

「冬美とは仲良くしたいわ。だって私達の両親にすら嫌われているのだから。家で孤独な思いをするのは、もう嫌だとは思わない？」

「それは……」

「そもそも、冬美は疑問に思わなかった？　家の中で絶対に家族に会わないなんてありえないことよ？　それなのに、母さんもお父さんも、私の傷を見て何も言ってくれなかった。私はね、冬美。貴女にそんな悲しい思いをしてほしくないのよ」

どうしたことだこれは。雪美がこんなにも積極的に語るなんて、明日は大雪でも降るのではないか。

冬美の方も唖然としている。言葉を選べないのか、もごもごと口を動かしている。

「母さん達は何もわかっていないのよ。冬美が折角立ち直って学校に行ったというのに、何一つ言葉を掛けてくれない。仮にも親だというのに、ひどいと思わない？」

僕はこの時点でようやく気付くことが出来た。彼女は、話し終えたと思っていた両親についての話に無理矢理矯正していないだろうか。

そうだ。僕がここに来たのだって、雪美が言っていたことが、彼女の母が言っていたということが気になったからだ。

もし初めからその会話に持ち込むために、自宅前であの会話を僕にわざと聞かせたのだとしたら？

「ねえ、冬美。いっそのこと母さん達に話して、二人でどこかに引っ越しましょうよ。一から二人で始めるの。いい考えだとは思わない？　ね、一君はどう思う？」

「あ、ああ。いや、中学生の内から親と別居というのはな。如何なものかと首を捻ってしまう」

「そうかしら。でも、ここにいても淋しい想いをするだけなの。いつ母さん達が、私達に暴力を振るったりするかわからないわ」

饒舌だ。そして、彼女は極端な妄想に囚われている。

「あ、ごめんなさい。ちょっとお手洗いに」

雪美は冬美にどけてもらって、ドアを開閉して階段を降りていく音を残していった。

僕は知らぬ内に神経を張っていたらしく、彼女がいなくなってから溜め息を吐いた。それに冬美が反応する。

「あのさ、姉さんの様子おかしいと思わない？　大人しい時は大人しいんだけど、最近おかしいのよ。突然あんな風に話しかけてくるの」

「普段の彼女ではないな。イメージチェンジでも図っているのか？」

「冗談は今言ってほしくないんだけど！」

「すまんね。しかし、何か心当たりはないのかい」

「わかんないよ。でも、私怖くてたまらないの。最近までなら邪魔な存在にしか見えてなかったんだけど、今は恐怖の対象よ！」

「落ち着け。何が怖い？」

「姉さんよ。あの人、どこにでもいそうで怖いの。通学路、学校、コンビニ、ファミレス、トイレ、寝室！　最近ね、家では気付くと姉さんがこっちを見ているのよ。あ、食事の準備したりテレビ視る時は、居間にいるから、会う機会があるのね。その時に……」

冬美は両手を床に着けて、強張った顔で項垂れた。

「殴ろうが、何をしようが姉さんは表情も態度も変えない。変化がなかったのに、今になってこうも変わると、怖くて怖くて怖くて、堪えられないわ。助けて」

冬美は目を潤ませていた。

僕が声をかける間もなく、階段を上がる音が聞こえた。僕と冬美は慌てて座り直し、なぜか姿勢を良くして雪美が座るのを待つ。

当然、部屋に入ってきた雪美は不思議なものを見る目で僕達を見ていた。

「二人で、何のお話をしていたの？」

「くくっ、なに、世間話さ」

「私にも教えてほしいなぁ」

さて、どうするか。冬美の心情をそのまま伝えたら、雪美はさらにおかしくなりそうだし、冬美の暴走も激しくなりそうだ。

なにか、別の話題で誤魔化すべきだろう。雪美の知らないことで、興味を引きそうなことか……。

「実はな、君に電話番号を教えたことを冬美に話したら、姉さんだけずるい！　みたいなやりとりをしていたんだよ」

冬美の声を再現せんと、僕の拙い裏声を披露してしまった。おかげで双子に笑われる。

「あはは、そうなの。なら、教えてもらったらどうかな、冬美」

「ふっ、そう、そうだね」

さっきまで怖いと言っていたのは嘘だったのか？　全く、苛立つくらい笑いおってからに。

僕は口をへの字にしながら、もう教えている番号を冬美に教え、暇な時にでも掛けてくれ、と付け加える。

冬美は素直にありがとう、と言った。話題を逸らしたことに対するものか、僕の渾身のボケに対するものかは分からないが。

その日はそこで帰宅することにした。

欠片を溢して

今日は晴れ。太陽の輝きが、僕を照り付ける。

あれから早三日が経ったが、別に大きな変化はない。いつも通り、目の前にあり続ける日常だ。

家の側の、小さな公園に差し掛かる。誰もいない公園では、誰も乗せていないブランコが風で微かに揺れ動いている。

そう言えば、近頃はここで彼女達と会うことがないな。これはこれで、日常が変化したのかもしれない。

僕は公園の前で足を止めていたが、視線を前に移してから再び歩き出した。

日差しはあっても肌寒い。息を吸う度、鼻が冷えてしまったためか痛みを感じる。

全く、冬とは長いものだ。なぜこうも寒いのやら。

自宅へ向かう途中で、岩倉家が見えたので立ち止まる。

そう言えば、雪美と冬美は何度も見たけれど、彼女達の両親は見たことがないな。雪美の話だけ聞くとあまりいい親のようには思えないが、実際はどうなのだろうか。

冷たい風が首筋を撫でてきて、僕は我に返った。気付くと僕は岩倉家を睨むように見ていたので、咄嗟に目を逸らした。

いかんいかん。考え込むとこれだ。家を凝視して、何が解ると言うんだか。

僕は少しずつ足を動かしてその場を去った。後ろめたい気持ちが胸に蠢くが、それを押し殺した。

自宅へ帰ると、僕は真っすぐ居間へと入った。母が椅子に腰掛けながらテレビを眺めている。

「あら、お帰りなさい。早かったわねぇ」

「いつもと変わらないよ。学校帰りにどこかに行かない限りはね」

「そう？　ちょっと前はもっと遅かったじゃない」

「ああ、友達と話し込んで遅れてただけさ。そう言えば、母さんは岩倉さんとこの人と話したことある？」

母は目を丸くしたが、岩倉、岩倉と呟くと、途端に手を叩いた。

「はいはい、あるわよ。あそこの奥さんとね。旦那さんは話したことはないけど、見たことならあるわよ」

「どんな人なの？」

「そうね、奥さんはいい人だったわ。娘さんのことを楽しそうに話してくれて、こっちも負けじと一のこと話したっけ。ところで、なんでそんなことを訊くの？」

「興味が湧いただけ」

僕はそれだけ話してから、母の追求を逃れるために二階の自室へと移動する。

部屋のベッドに腰かけてから、僕は鞄を足元に置いた。肩に手を当ててから首を鳴らし、脱力する。

母さんの話だと、別に悪いような人物ではなさそうだ。外面を良くしただけなのかもしれないが、母さんの機関銃のごとき口に張り合えたなら、嘘をつくような人物ではないのかもしれない。

でもそうなると、雪美が言っていたことは嘘だということになるな。

混乱してくる。なんだか話がおかしいぞ。親とは不仲らしいあの双子だが、親は娘達を大切に思っているという話になる。

ただ単に双子側が親を避けているのか？

いや、それにしたって、雪美はなぜあんなことを言ったんだ。もし母さんの話を信じていい親だと考えるならば、そんなことを言うとは思えない。

なぜ言う必要があった？

わからんな。だがわからないままにしているのは非常に腹が立ってくる。このままにしておきたくはない。

携帯電話を手にして、彼女達と連絡をとろうかと悩んだ時だ。電話が鳴り出した。

心臓に悪いことこの上ない。誰かと思えば、父さんからか。待てよ？　今はまだ仕事中のはずだ。どうして勤務中に電話を掛けているんだ？

とりあえず、二回三回とコール音が回数を増すので、待たせてはいけないと思って通話ボタンを押して耳に当てる。

「もしもし？　父さん、今って勤務中じゃないの？」

「そうなんだが、訊きたいことがあってな。お前と最近遊んでいる子達って、確か岩倉さんの娘さん達だったよな？」

父さんの声は硬いものだった。そのため、話が何か重要なことだと察して、僕は眉を寄せる。

「そうだよ。それがどうしたの？」

「そうか。……今さっきな、そこの旦那さんの死体が見つかったらしい」

「死体って、本当!?」

「ああ、割と近所だ。煌明高校の裏の林に入る辺りで見つかったそうだ。でな、名前を聞いた時、お前の友人のお父さんじゃないかと思ってな。まさか、こんなことが起きるなんて……」

「なんで、どうして死んでいるんだ！」

「さあ、死因まではまだはっきりとはわからないよ。それより、これは殺人事件だ。きっと、お前の友達は動揺する。支えになってやるんだぞ。じゃあ、切るから」

なんということだ。急な展開に、僕の頭が着いていかない。

電話が切れた無機質な音が鳴り続ける。それを弱々しい指先で電源ボタンを押して、音を止めた。

その後、僕は思案することもなく携帯電話の電話帳を開いた。そこから岩倉冬美、雪美の欄を見つけて、動かしていた指を硬直させる。

どっちにかける？　冬美か、雪美か。いやそもそも、電話をかけるべきなのか？

さっき死体が発見されたなら、あのふたりと母親はその事実を知らないかも知れないじゃないか。

僕は携帯電話の画面を睨み付ける。

大体、電話をかけてどうするというんだ。励ましの声を、同情の念を送れば良いのか？　悔やみの言葉を述べればいいのか。

何も考えずに電話をかけたって、仕方がないじゃないか。僕に何が言えるというのだ。

だが、冷静に考えているはずなのに、頭の熱が引かない。この熱さは焦りからなのか、それともまた別の何かだ。

すぐに連絡を取るべきだと僕の脳内で叫ぶ自分がいる。なぜかと問うても、僕は答えてくれない。

考えるほどに、熱は強まっていく。

僕の指が動く。カーソルは雪美の名前を選んでいた。そして、ボタンを押して雪美の携帯電話に発信した。

恐る恐る耳に携帯電話を押し当てて、心のどこかで出るなと呟いた。なぜかはわからない。僕は今、どうして電話をかけたのだろう。

確認。その言葉が浮かんだ。心のどこかにある疑念が、今の僕を動かしていることに気付いた時、僕の耳元で音が切り替わった。

「もしもし？　はぁっ、一君？　はぁ、はぁ」

息を切らしながら、雪美はそう言った。

「ああ、雪美だよな？　今、外にいるのか？」

「うん。ちょっと、用事があったの」

「走っていたのか？」

「はぁ、はぁ……。う、うん」

「お前、自分の父親の件を聞いたか？」

返事は、音ならぬ音として返ってきた。僕は上手く聞き取れなくて、片耳をもう片手で塞ぐ。

「今、何て言った？」

「……の？」

また微かにしか聞こえない。受話器から聞こえてくるのは、雪美が走っているらしい足音だけだ。

その時、電波が遠いのかと思ったが、足音だけが聞こえて声が聞こえないなんてあり得ないことに気付いた。

雪美は意図的に声を小さくしている？

「おい、聞こえないぞ？　どうなんだ？」

「はぁ、はぁ、はぁ。お父さんのことって、なんの話なのかな？」

雪美は知らない。外にいたというなら当然だと思いかけるが、僕はその考えをどうしても受け入れられなかった。

なんだこの違和感は。まさか、僕は雪美が父親を殺したとでも考えたいのか？

僕の頭脳は、それを否定しない。

外にいて、なぜか走っていて。父親が発見された時間から考えると、その場から逃げているとも考えられる。

僕は頭を掻きむしる。僕は何を馬鹿げたことを推理しているんだ。いや、推理にもならない水掛け論じゃないか。

友人を疑うなんて最低だ。

「いや、すまない。何でもない、すまん」

「変な一君。はぁっ、はぁー。着いた。じゃあ、またね」

微かに雪美の笑い声が聞こえてから、電話が切れた。僕は携帯電話の通話を終了してから、それを枕元に放ってから手で目元を擦った。

愚か者とは正に僕だ。彼女を疑うだなんて、どうかしている。いや、探偵気分に浸っていたのかもしれない。

何か普通と違う冬美と雪美を見ていて、そんな思考回路になってしまったのだと思う。嫌な男だな、僕は。彼女達は肉親を失って、どう反応するのだろう。

ぐるぐると渦を巻く頭の中で、僕は雪美の声を思い出した。

そう言えば、なぜ雪美は声量を落としたんだろう。電波はよかったはずだし、何かに掻き消されていた訳でもないのに。


その時、微かに聞こえた言葉が再生される。

『……の？』

あの言葉、はっきり聞こえた時とは違うことを言っていたのではないか。

思い出せ、切れ切れには聞こえていたんだ。

『ど……て、し……の？』

確か、こんな感じのことを言っていた。これ以上はよく聞き取れなかった。言葉を当てはめてみるか？

『どうして、し……の？』

どうして？　しからのに繋がる言葉か。知っているの、か？

それが浮かんでから、僕は身を前に乗り出して、顎に手を当てた。

雪美がはっきり言ったことを答えとせず、呟いたことを返答とすると、彼女への不信が強まる結果になった。

『お前、自分の父親の件を聞いたか？』

『どうして、知っているの？』

彼女が初め、そう返していたとすればどうだ。彼女は僕に父親のことなど知らないと嘘を吐いたことになる。

いや、そもそも外にいて、どうやって父親の死を知っている？　携帯で、誰かから聞いた？

聞いていたとしても、彼女は冷静過ぎるのではないか。親が死んだ時に、僕と暢気に会話をする余裕などあるものか？

知っていたなら、なぜ嘘を吐く必要があった？

後に知ったという事実が欲しいからではないか。逃れるために。何から逃れる？　考えるまでもなく、警察だろう。

仮説でしかない。だけど、僕にはどうしても雪美への疑惑が拭えない。

彼女に直接訊いたところで、きっと得るものは何もない。またあの笑顔で、知らないと言われるだけだ。

だったら、冬美に訊いてみるのはどうだろう。今回の一件で、雪美と顔を合わせるはずだ。きっと、何かしらのことに感付く。

だが今は訊けない。死んだ男は僕にとっては他人でも、彼女にとっては父親なのだ。僕と比べると、受ける衝撃は違いすぎる。

それからは、自問自答と仮説を立てることに必死になった。気付けば夜は更けて、僕が瞼を閉じていたことに気が付いたのは、次の日の朝だった。

僕は学校へ行くために支度を開始する。ベッドから降りて鞄を掴み、机の上に並べた教科書から今日必要なものを取り出す。

それから学生服に着替えて、下に降りた。居間へ行くと、父さんと母さんがテレビに釘づけになっていた。

「おお、一。ニュース見てみろ」

「父さんが言ってた、岩倉さんのこと？」

「そうだ。近所にテレビ局の連中が来てるってのはいいんだが、カメラで撮っているのが殺人現場ってのは嫌だなぁ」

「物騒ねぇ。犯人はまだ目星もつかないの？」

「ああ、何せ目撃者がいないんだ。殺害された場所が、人目に付きにくい所だったのもあってな。凶器も見つからず、今は怨恨だとか、そういう線で捜査中だ」

「それ、話してもいいものなの？」

「いや、駄目だ。でも、どうせお前達は話さないと延々と訊いてくるだろう？」

父が椅子に掛けていたトレンチコートを手に取って、立ち上がる。

「それじゃ、そろそろ行ってくる」

足早に父さんはその場を去った。きっと追求を逃れるために逃亡したのだと、僕は直感的に理解した。

ちらりとテレビ画面に目を向けた。林だけ見れば別段変わった様子はないが、警官と真剣な面持ちで現場の説明をしているニュースキャスターがいるせいか、とても物々しい雰囲気が見てとれる。

現場は林に入る辺りで、草木が生い茂り、カメラからだととても見辛い。だが微かに映る乾いた血痕が見えた。

本当にここで、事が起きたのだろう。凶器はそう大きくない。持ち運びが出来て、一般人が購入出来るものだろう。

手に入りやすくて、人を殺傷出来るものなら、やはり凶器は包丁あたりが妥当だろうか。トンカチなんかの鈍器もあり得るが、大の男を殺すには少々心許ない。

石や鈍器は重いし、何より身長差を考えれば無理がある。やはりここは鋭利なもので——。

ここまで考えて、僕は雪美が持てる範囲のものを考えていたことに気が付いた。

僕は彼女を犯人と断定しているのか？

いや、親が自分達のどちらかをいらないと言っていたという怪しい発言と、彼女の父親が殺害された時、外にいてなぜか急いでいたという事実が、どうしても雪美への疑いを強める。

まさかとは思う。彼女がやった証拠はないが、雪美以外にやったとは考えられない。

動機はなんだ？　親にいらないと言われたからか？　だがそれは、彼女の嘘だと僕は考えた。それなら、それは動機にならない。

いや、それこそ僕の思い込みなのではないか。

雪美自身が、そう親が言っていたと思い込んでいたらどうだ。実際には言っていなくても、自分の思い込みからそう考えていたら？

「一、食べないの？　食べる時間なくなるわよ」

開いていたはずの僕の目は、いつの間にか遠くを見つめたまま固まってしまっていたらしい。

目を下に向ければ、テーブルにはご飯と味噌汁、後は弁当のおかずであろう玉子焼きにウィンナーなどの残りが並べられていた。

時計を見れば、七時二十分を超えていたので、これはまずいと僕は急いで朝御飯を食べ始めた。行儀が悪いと母さんに叱られながらも口に詰め込み、水で胃に押し込める。

髪は手を櫛代わりにしてざっととかし、鞄を手に外に出た。

今日は朝礼があるので、早めに学校に行っておきたい。いや、家にいたら余計なことばかりを考えてしまうから、という気持ちの方が強いな。

小走りで学校にたどり着いた。時刻は七時四十五分くらいで、授業開始まではまだ余裕がある。

玄関口からさっさと中へ入り、内履きに替えて教室へと向かい、階段を上がる。

今日はあの二人はいない。きっと明日も、明後日も明明後日も。

お葬式もあるだろうし、今の僕にはお悔やみ申し上げるくらいしか出来ることはないだろう。

携帯電話で言うというのも何か気が引けるし、彼女達が戻ってきた後でもいいだろう。

階段を上がり終えて、僕は教室に入った。空には暗雲が立ち込めてきている。

また天気が崩れそうだ。

砕け落ちる

想像はついていた。彼女達は学校を休み、僕は胸の中にある靄を払えないまま帰り道をなぞる。

曇った空を見上げながら、まだ湿り気のない道路を歩む。なんの考えもなく歩いていたせいか、僕は無意識にあの公園の前に来ていた。

そしてそこで、ブランコに座る知り合いを見つけた。喪服に身を包んでいる。

僕はその知り合いに近づいた。彼女も気が付いていて、潤ませた瞳で僕の方を向いた。

「一君」

「冬美か。この度は、御愁傷様で……」

「なんでお父さん、殺されなきゃいけなかったの？　そんなに話さなかったし、仲がいいわけじゃなかったけど、家族だもん。いなくなったら嫌だよ！」

冬美は本当に悲しんでいた。流れる涙に、僕もまた胸を痛ませる。どうにも出来ない自分の無力さに、自分自身を恨んだ。

「雪美はどうしてる？」

「知らないよ。部屋にでもいるんじゃない？　そう言えば、姉さんは泣かなかった。悲しくないの？　親が死んだのに」

「心の中で泣いているのかもしれない」

　嘘を吐いた。僕には、雪美が悲しんでいるわけがないと決め付ける意思があった。そう、僕は彼女が犯人だと考えているのだから。

　冬美は涙を手で拭うと、落ち着こうとしているのか深呼吸をした。

「姉さん。そうよ、姉さんはおかしいのよ。あの日、お父さんが殺された日、確か――」

　言いかけて、冬美は押し黙る。僕は続きが聴きたかったが、彼女は何かを考えはじめてしまったらしく、それ以上は何も言わなかった。

　だが言動から察するに、冬美は事件が起きた日に、何かを見ているようだ。

　冬美はブランコから立ち上がると、ふらふらと歩き出した。

「ごめん、一君。私、確かめたいことがあるから帰るよ」

「あ、ああ」

　冬美がいなくなった後、僕の目の前に水滴が落ちてきた。それはやがて僕の服、頭、頬を掠めて量を増やしていく。雨だ。僕は足早に帰宅した。

　それから一週間経った。その頃になって、ようやく冬美と雪美は学校へと戻ってきた。戻ると冬美には友人達が殺到し、同情の声を喧しく彼女へと送る。

　雪美はそれを、ぼんやりとした様子で眺めていた。

やれやれ、折角戻ってきたというのに、これでは話しかける暇がないな。

僕は彼女達の教室から離れて、自分の教室へと戻る。

昼休みになって、僕は昼御飯を食べてからもう一度隣のクラスを覗いた。

すると、ちょうど冬美が教室から出るところだったらしく、僕たちは咄嗟に足を止めた。危うくぶつかるところだった。

「やあ、久しぶり」

「ちょうど良かった。話があるの！」

僕は冬美に手を引かれて、そのまま人気のない理科室前まで連れていかれた。冬美は周囲を気にしつつ、小声で話し始める。

「一君、あのね。私、父さんを殺したのは姉さんだと思うの。ていうか確定よ！」

「くくっ、唐突だね。どうしてそう思う？」

「私、父さんが死んでから数日は頭が回らなくて、気付くのが遅れたんだけどね。姉さんはあの日、息を切らして帰ってきたの。その時点で疑問だったわ。あの姉さんが急ぐことって、なんだろうってね。その時に、姉さんは滅多に持たないポーチを持っていたの。ちょうど、包丁くらいなら入るくらいのね。そして、帰ってすぐに洗面所に向かったのよ。それは別に普通だけど、思い出したのよ。その時の姉さんの手が、赤かったのを」

「成る程、確かに犯人である証拠は揃っている。だが動機は？」

「それなのよね。でも、そんなのは後回しよ。このことを警察に言えば、姉さんは逮捕されるわよね？」

「証拠が残っていればね。雪美が今もそのポーチの中身を持っていると思うか？」

「それは、そうね。多分もうないかも」

「凶器は百円ショップでも買える時代だ。どうにも雪美を警察に引っ張るのは難しいだろうな」

ここで、冬美が僕の顔を覗き込んだ。何事かと思って僕が眉を寄せる。

「一君、あんまり驚かないんだね？」

「……実はね」

僕は冬美の父が殺された日に、雪美に電話をしていたことを告げる。そして、僕もまた雪美を疑っていることも。すると、冬美は腕を組んだ。

「そう、一君もそう思うんだ。ていうか、もう確定的じゃない！　姉さん以外に犯人なんか考えられない」

「だが動機が不透明だ。なぜ自分の父親を殺すんだ？　何か怨みでもあったのか？」

「怨み、か。別にお父さんもお母さんも、私達に何かする訳でもなかったしなぁ。話す回数は少なかったけど、普通の親だと思うよ？」

「わからないな。殺す理由もなく殺す訳がない。殺人快楽者でも、異常性癖の持ち主でもなさそうではあるしな」

「あっ！　もしかして、姉さんが前に言ってたことが原因かな。あの、私達双子はどちらか一人で良かったっていう」

冬美は自分でそう言うが、話すにつれて声量が減っていった。

僕は、それがこの事件の起因なのかと思案を巡らすが、どうにも確定的ではないような気がして、首を傾げた。

大体、本当にそんなことを言う両親なのか、という疑問もある。

いや、待て。確か僕は以前に、仮説を作ったはずだ。その親の言葉が雪美の嘘。しかし、雪美が本気で親が言ったと思い込んでいたら？　自分が作った嘘で、自分を騙していたとしたら？

だがそれにしても、その言葉一つで殺してやると決めるだろうか。

雪美の行動の原点を思い出せ。彼女は主に、どうして行動するだろう。どうして動く？

僕ははっと顔を上げた。僕の目の前に、答えは生きていた。

「な、なに、一君？」

戸惑うようにして、冬美は僕を見ていた。そうだ、冬美だ。雪美は冬美を異常に愛している。

雪美が不登校になったのは、恐らく冬美の側にいたいから。冬美が学校に行ってから、その周辺にいる友人をかぎまわったのは、冬美に危害を加えそうな奴らがいないか確かめるため。

そして今また学校に来たのは、その延長線上の問題を解決するためだ。冬美を見張り、変な虫がつかないようにしているのではないか。

憧れ、羨望。彼女は過去にそう言った。それは徐々に、崇拝の如く姿を変えた。そして深く敬愛した可愛い妹のために、それをいらないと言った親を恨んだ。

私の素晴らしい妹をいらないと言う親など、必要ない。

それが動機か？　もしそうなら、次に狙われるのは——。

「は、一君。どうしたのよ。急に黙り込んで？　何か喋ってよ」

「ああ、すまない」

冬美に目を向けると、その瞬間僕は背筋を凍らせた。離れてはいるが、冬美の背後に同じ顔の人物が立っていた。

「雪美？」

僕がそう呟くと、冬美が背後を振り向いて、小さな悲鳴を上げた。

雪美が僕達の方へと歩んでくると、彼女はいつも通りに微笑んだ。

「ほら、二人共。もう授業が始まるよ？　早く戻らないと」

いつからいたのだろう。もしも壁の裏にいたというのなら、今までの話が全て聴かれていたことになる。

僕と冬美は、目を合わせた。それだけで、互いの不安を感じ取れた。お互いに考えていることは一緒らしい。

僕は生きた心地のしないまま、自分の教室へと戻った。戻っている間、僕達三人は誰も話すことはなかった。

午後の授業が終わり、僕は帰宅しようと靴箱を目指して廊下を歩く。すると、階段を下りている最中、聞き覚えのある声に呼び止められた。

「冬美？　いや雪美か？」

振り向くと、そこには二人揃って階段を下っているところだった。僕は心音の高鳴りを感じながら、冷静を装う。

「くくっ、二人揃っているとは珍しい。今日は落雷注意だな」

「ひどいな、もう」

雪美が無邪気に笑う。冬美は苦笑いをしており、理科室前で話したことを聴かれたのではないか、という疑念が晴れていないようだ。

無論、僕も晴れていない。だから内心雪美が恐ろしいが、立ち止まって振り向いた以上、もう逃げることは不可能だ。

逃げるのは不自然だし、怪しい態度しか出来ない冬美を置いて行く訳にもいかないからな。

それならば、堂々と話せばいい。いつも通り、友人として。

僕達は三人並びながら、学校を出て帰路へと着いた。

「雪美は学校には慣れたのか？」

「まだかな。やっぱり冬美みたいにはいかない」

「ね、姉さんだって、すぐに慣れるよ」

「本当？　ありがとう、冬美」

冬美の乾いた笑い声と、雪美のいつも通りの笑い声が交差する。

元々、最近は雪美に苦手意識を持っていた冬美だ。話を聴かれたという思いから、余計に雪美が怖いのだろう。

そうだ。冬美は確か、雪美に見られていると言っていたな。それもまた、雪美の監視なのだろうか。

話すだけで疑いが強まる。

もしかして、雪美はきっちり話を聴いていたのではないか。だから、その話をそれ以上させないためにも、自分を僕と冬美の間に割り込ませた。

そうだとしたら、彼女の目に僕はどう映っているのだろう。冬美をたぶらかす悪人に見えるのだろうか。

雪美の目に僕がそう映っているのならば、僕もまた彼女からすれば消すべき対象に違いない。

真意は雪美に訊かなければはっきりとはしないが、冬美の話もあって、雪美が親殺しの犯人である可能性は高い。しかし断定にはまだ証拠が不足している。

それが欲しいところだ。凶器を包丁と仮定して、それをその辺に捨てるなんて馬鹿な真似はしないだろう。

まだ凶器を隠し持っている？　可能性としては薄い。どこかに隠した、及び捨てた？　その方があり得る考え方だ。

二人と世間話をしながら、いつも通る住宅地沿いの道を進む。

いつもなら、体感的には十分かからずに着くというのに、今日という日に限って酷く長く感じる。もう三十分は歩いている気分だ。

「一君、元気ないね。どうしたの？」

「そうかな」

「そうよ。冬美も顔色悪いし、二人とも風邪でも引いたの？」

「そ、そんなことないわ。そう、今日は寒いからよ。ねえ一君」

「くくっ、そうだね」

「風邪には気をつけてね。最近のは質が悪いみたいだから」

雪美は不安そうに冬美と僕を交互に見る。冬美に対しては本気でも、僕に対しても本当にそう思っているのかは疑問だ。

「そう言えば、家の方は今大変なんじゃないか？　君達もだが、お母さんは相当参ってるんじゃ？」

「うん、そうなの。私も悲しかったけど、お母さんは私よりも塞ぎこんじゃってさ」

「そうか。仕方がないが、早く元気になって欲しいな」

「ありがとう。でもね、不謹慎なんだけど、私はお母さんと話す機会が増えて、心のどこかで嬉しいんだ。傷の舐め合いみたいだけど、それでも、家族って支えあわなきゃいけないんだって思ったの」

冬美は初めて会った時よりも、生き生きとした顔をしていた。それは彼女の中で、何かが吹っ切れたようだった。

「お母さんから聞いたの。私、早い頃から不登校になったから、お母さんはそんな私にどう接したらいいのかわからなかったんだって。だから、自然と距離が出来ちゃったって。お父さんも同じだったんだろうな……」

冬美は悲しげに俯いた。僕は投げ掛ける言葉が見つからなかった。だから、黙って彼女の肩を軽く叩く。

「犯人、早く捕まるといいな」

「うん、そうだね」

その時、僕はちらりと雪美に目を移した。冬美の会話を遮らず、黙って聴いていたことが気になった。

雪美もまた、目線を下に落として歩いていた。何かを考えているらしい。何を考えているのか、僕はそれに気を取られる。

そのせいで雪美がこちらを向いたとき、完全に目が合ってしまった。

「あ、ごめんなさい。私に何か話しかけたりした？」

「いや、そう。君も何か思い耽っていたように見えてね。声をかけるか悩んでいたのさ」

「そうなの。ごめんなさい。私もお父さんのことを考えてて。昔遊んでもらったことがあったな、なんて」

「ほう、そうなのか」

「うん。楽しかったなぁ。隣町の方なんだけどね、自然に囲まれた大きな公園があるの。お父さんが車を運転してくれて、お母さんがお弁当を用意して、冬美と一緒に広い公園内で遊んだのよ」

雪美は輝かんばかりの笑顔を見せた。僕は彼女に対する疑念を忘れて、その笑顔に見とれてしまった。

本当に楽しかったのだろうと思う。そんな思い出があるのに、雪美は父親を殺したのだろうか。その思い出を霞ませる程、父が憎かったのか？

僕の中にあった、雪美犯人説が揺らぐ。確定的な証拠がないからこそ、その仮説を立てた地盤は緩かった。

本当に彼女なのか。その疑いが揺らぐ中で、僕は冬美の異変に気付いた。

彼女は雪美を不思議そうに見ている。まるで、何を言っているのかわからない、といった風だ。

小さい頃の話だろうし、冬美はそのことを覚えていないのか。

いや、もう一つの可能性がある。雪美の言っていることが、真実ではないとしたら？

彼女が妄想で生み出したものを事実だと誤認していたら、どうだ。

冬美はその事実が嘘か真か、はっきりわかっていないのだろう。だから、明確に反応出来ないでいる。

冬美の反応が薄いのに気が付いて、雪美が当時のことを説明し始めた。

「冬美は覚えていない？　皆で行ったのよ。冬美はあそこで私とお父さんとで鬼ごっこをして、一度も鬼に捕まらずに、必ず逃げ切っていたじゃない」

「そう、だっけ……？」

「あ、あとはね。あそこは木や、花や草が生い茂っていたから、虫なんかも多かったっけ。毛虫や大きな蜘蛛が出るたび、二人で悲鳴をあげてお母さんとお父さんのところまで逃げたりしたわ」

鮮明だ。雪美には、その思い出が鮮明に頭に浮かぶようだ。一方で冬美は、全く覚えていないようで、首を傾げている。

これは本当にあったのか。それとも、雪美の嘘なのか。嘘だとしたら、どうして雪美はこうも楽しそうに語るのだろう。

雪美が僕の方を見た。昔の話をしたせいか、彼女は楽しそうに笑いかける。

「ごめんね、私一人で盛り上がっちゃって。でも、思い出したら懐かしくて」

「いや、いいんだ。いい話だったよ」

僕は雪美を見てぎこちなく笑い、それから冬美を見た。冬美の表情は曇っている。

きっと、彼女は記憶をたどった。その結果として、あの陰を落とした顔になったのだろう。

僕が理解するには、それだけで充分だった。雪美の話は、虚実だ。

冬美は雪美が語った思い出を知らない。だから、戸惑っているのだ。実の姉が、おかしいことを言っていて、その幻の記憶に自分と両親が参加していることに。

先に冬美と雪美が帰宅する。僕は薄暗がりの中を歩み、一度だけ後ろを振り返った。岩倉家には明かりが三つ、別々に点いていた。

磨耗する欠片

冬美と雪美の二人と別れて、自宅に帰ってから暫く経った頃だ。

僕は晩御飯を済ませて、風呂から上がったところだった。部屋に入ると、ちょうど携帯電話が勉強机の上で鳴っていた。

それを手にとって、番号を確認する。冬美だ。

もう十時は過ぎている。夜更けに電話を掛けてくるとは、余程大事な用件だろう。

携帯電話のボタンを押して通話状態にしてから、まだ濡れた耳元に電話を当てる。

「どうした、こんな時間に？」

「あっ、遅くにごめん。実はね、今日姉さんが話していたこと、覚えてる？」

「忘れたくても忘れられんな。それがどうした？」

「母さんに訊いたんだけど、そんな所に行ったことはないって」

やはりか。雪美は思い込みで、いや自分の脳内で産み出した事柄を、現実で起きたと誤認している。

雪美はどこまでを現実として認識しているんだ。そして、どこまでを妄想だと理解していないのだろう。

「雪美に異変はないか？」

「今のところは……。ねえ、姉さんはおかしいよね？　普通じゃないよね？」

「ああ。今までは気付かなかった。いや、少し話していただけで、僕は彼女に入れ込み過ぎていたようだ。正常な目を失ってしまっていたよ」

沈黙が訪れた。何を語るべきか思案していると、冬美が沈黙を破った。

「私がまだ学校に行っていた頃、姉さんはね、私と違っていつも一人ぼっちだったわ。何をするにも鈍くて、周りを苛々させる人だったの。

幼かった私は、そんな暗くて地味で、役立たずな姉のことを人から言われるのが嫌だった。同じ顔なのに違う、同じ顔なのに、同じ顔なのにって、比べられるのは堪らなく苦痛だったのよ。

だから私は姉を恨んだわ。一々私の比較対象として出てくるのは姉。私は皆に褒められているはずなのに、どんどん学校に行くのが嫌になった。

蔑まれているのは姉さんのはずなのに、同じ容姿のせいか、姉さんが言われていることが、私にも言われているような気がして、私はそこに居たくなくなった。

そこで私は不登校になったんだけど、改めて思ったの。姉さんは皆に散々に言われていたのよ。何しても失敗ばかりだったし、つまらない人だったからね。

なのに、姉さんはいつも笑っていた。

姉さんは、そんな環境の中で、ああいう奇妙な思い込みをするようになったんじゃないかな……。笑っている姉さんにはきっと、皆が言っていたことじゃなくて、別の言葉として聞こえていたんじゃないかって思うの」

冬美の話を聞くかぎり、雪美は楽しい学校生活を送ってはいないはずだ。

そんな中で、あの思い込みが生まれたのか？　現実を逃避するために？

あり得ない訳ではないが、僕にはその理論が納得出来なかった。周りに言われて傷付いていた、というのが前提として無ければならないことに違和感を抱いた。

何かが違う。雪美には、通常の理屈は通用しないという考えが頭にあるせいかもしれない。

「一君はどう思う？」

「いや、君の昔話を聞いた限りは、確かにその話はあり得ると思う。でも――」

言葉に詰まる。僕はそれについてまだ持論がない。だから答えようはないのだが、僕は冬美の推測を否定している。

冬美は後に続くであろう僕の言葉を待っているのか、無言だ。

何かを言うべきだ。だが何を言えばいい？

貴女の話を否定します、と？　自分の意見も持たないのに、それは返答ではない。ただの野次だ。

何が引っ掛かっているのだろう。もう一度、冬美の話を思い返して——。

冬美？　そうだ、冬美が欠けているんだ。雪美の行動は冬美に基づいているじゃないか。

今の冬美の話に足し合わせろ。答えは目の前にあったんだ。

何を言われても、雪美は笑っていた。これは冬美が見ていたからではないか？　きっとそうだ。雪美は人に囲まれる妹を、羨望を込めて見ていたと言っていた。

……待てよ。もしも雪美が、冬美が自分を見たときに微笑み返していたというのなら、つまり当時から冬美を見続けていたってことか？

いつでも、彼女に笑いかけられるように？

血の気が引いた。僕は今、理論を構築する作業よりも、別の方向から現れた考えに囚われてしまった。

「冬美」

「あっ、やっと話した。どうすればいいか悩んでたんだよ！」

「冬美。落ち着いて聞いてくれ。いいか、落ち着いてほしい」

「え？　どうしたの、改まって？」

「今は部屋か？」

「うん、そうだよ」

「雪美はどうしてる？」

「お風呂、だよ。いつも入ってる時間は長いから、こうして電話をね」

「……部屋のドアは、閉まっているか？」

冬美の言葉を遮って、僕は静かに言った。冬美は何も言わない。受話器から布の擦れる音、歩くような音が聞こえた。

そして、何かを閉じる音が耳に入る。

「嘘。閉めた、私、ドアちゃんと閉めたよ？」

「冬美。何も気付かない振りをするんだ。妙な行動を起こすな」

「無理だよ。だって、これ――」

冬美の声が震える。僕もまた、その状況を思い浮かべて身震いした。

そして高速で思考が巡る。

雪美の思い込みは、きっと過去に生まれたものじゃない。ここ近年に生まれたものじゃないか。

雪美は過剰な思いを冬美に持っている。それが年月を懸けて成長を遂げたのだとしたら？

冬美とはこんなことをしたかった。冬美とはこうでありたい。冬美とはこんなことをしたはずだ。冬美とこんなことをした。

そうしてあれが生まれたのか？　馬鹿な、狂愛染みている。だが僕の懸念が当たった以上、それは真実に近いのかもしれない。

「冬美、落ち着くんだ」

「落ち、落ち、落ち着け、ない！」

声が震えて、ガタガタと音を立てている。何の音だ。いや、後ずさって近くの物を落としてしまっているのか？

声を掛けるが、冬美は冷静さを欠いていた。僕の声は電話を伝わり、空に投げ出されていた。

「冗談じゃないわよ、なんなのよ！　どこまで私の人生を狂わせようとしてくるの！」

「落ち着くんだ冬美！　激昂したってどうにか出来るものでもないだろう？」

「だって、でも、人のこと覗いてきたのよ？　そうだ、きっとあいつは、お父さんの次に私を殺す気なんだ。だからその機会を窺ってるのよ！」

「誤解だ。雪美は君だけは殺す気なんかないはずだ」

「そうだ、いっそ――」

声が遠くなった。携帯電話を口から話したらしい。だが、僕は嫌な予感を覚えた。いっそ、なんだ。今の話の流れだと、まずい意味合いにならないか。

「頭を冷やせ。単に閉めたと思い込んだだけで、ほんの少し開いていただけかもしれないぞ！」

返事はない。だが僕は声を発する。説得を試みる。そして時間は過ぎていった。

聴いているのかわからない相手に、喋り続けるだけ無駄かもしれない。だが、僕が黙ったら、冬美は何をするかわかったものではない。

とにかく話していると、漸く電話の向こうから音が聞こえた。

「……ごめん。私、凄い興奮しちゃって。もう大丈夫。私は頭に血が上りやすいんだけど、熱が冷めるのも早いんだ」

「本当か？」

「うん。まだ心の淵では黒いものが蠢いているけど、今はもう心配ないから」

冬美は少し息が荒い。彼女の理性が、混乱に打ち勝ったようだ。僕は胸を撫で下ろし、安堵の溜め息を吐いた。

「とにかく、雪美の異常性は理解した。無闇に刺激はするな」

「わかった。ごめんね、迷惑かけちゃって……。姉さんが怖くて、一人でいたくないの。もうちょっとだけ話していていいかな？」

「ああ、いいとも」

その後、僕達は他愛のない会話を続けた。お互いに落ち着くには良い時間を過ごせたと思う。

十二時が近付いてきた頃に、僕達は通話を切った。

不安だ。夜だからなのか、それとも冬美の話を聞いたからかもしれない。雪美は次に、何をしようとしているのだろう。

次の日の朝、僕はいつも通りに家を出た。学校へ向かう途中、見慣れた後ろ姿を発見する。

一人だ。だが、冬美だろうか、雪美だろうか。

早足で追い付くと、僕は声をかけてみる。彼女は柔らかく微笑んだ。

「おはよう、一君」

「ああ、おはよう。今日は一人か？」

「うん、冬美ったら風邪を引いちゃったみたいなの。心配だったから看病したいって言ったら、冬美に学校に行けって追い出されちゃった」

そう言うと、雪美は悲しそうに息を漏らした。本当に冬美が好きなようだ。端から見ていると、妹想いの女性にしか思えない。

だからこそ、僕もまた考えが縛られたのだが。

「風邪か。後で見舞いにでも行かせてもらおうかな」

「本当？　冬美も喜ぶわ」

「くくっ。では学校で自学用だといってプリントを山程貰って、冬美にプレゼントしてやろう」

「それなら、冬美はすぐに元気になりそうね」

住宅地という日常の風景の中で、友人である僕と無邪気に笑う雪美に、僕は胸を痛めた。本当に殺人を犯したのだろうか。いや、彼女以外に不審な人物はいないのだし、動機もないわけではない。

悪意のない笑顔に向ける自分の疑念が、逆に僕の心に突き刺さった。

ここまで来て、僕はまだ彼女に対して迷いがあるのか。頭では彼女を罪人だと罵れても、心の中ではまだ善き友人であると語る僕がいる。

本当に、彼女が犯人なのか。

「なあ、雪美。君の――お父さんが殺された日、用事があったって電話で言ってたよな？あの時、どんな用事があったんだ？」

「え？　ああ、あの時。あの時は買い物に言っていたの。それで、その日はお母さんが晩御飯を作り忘れてね。だから、私が御飯を作らなくっちゃならなくて。だから、急いでいたの」

「家には、冬美もいたんだろう？　冬美にお願いすればよかったんじゃないか？」

「ううん、冬美はその日、いなかった。友達のところへ遊びに行っていたようだから」

なんだ、冬美はあの時、自宅にいなかったのか。

いなかった？　待て、それじゃあ話がおかしくならないか？

だって冬美は言っていたはずだ。あの時、雪美が普段持ち歩かないポーチを持っていて、手は赤かった、と。

「冬美は帰った時、本当に家にいなかったのか？」

「ええ。私が帰ってから、御飯を作っている最中に帰ってきたはずよ。お鍋の火加減を見てたから、出迎えにはいけなかったけど。確かにドアの開閉音と、廊下を歩く音を聞いたもの」

どういうことだ。全てがひっくり返った。いや、これは雪美の妄想なのか？

待て、そんなことを脳内で作ってどうする。思い出の捏造ならまだしも、そう思い込んで彼女になんの得がある？

学校に着いたが、まだ授業までは二十分ほど時間があった。教室に向かうまで、僕はさらに聞き込む。

「冬美の分も作っていたのか？」

「うん、冬美は料理が出来ないから。渋々みたいだけど、私の御飯を食べてくれたわ」

「……なあ、雪美。変なことを訊くけど、君はどうして不登校になったんだ？」

「私？　聞いても、つまんないと思うよ？」

「いや、話したくないならいいんだ。少し、気になって」

「別に隠すつもりはないから、いいよ。私はね、冬美が不登校になってからはずっと一人でいたの。友達作れなくってね。本ばっかり読んでたなぁ。皆も、私なんかいないように扱ってた。それでも、頑張ったの。私がお姉ちゃんだもん。毎日毎日、冬美を誘って、それが嫌われちゃった原因なのかもしれないけれど、それでも学校に行こうよって誘ったの。いつでも冬美がその気になれるように、一日だって休まなかった。支えてあげなくちゃって思いで、家族皆で頑張ったわ。お父さん達も冬美を学校に行かせようと頑張っていたけど、結局駄目だった。

私が中学校に上がる頃になると、もう家族皆疲れちゃっててね。些細なことで喧嘩はしたし、皆で遊ぶことだってしなくなって……。そんな状況に、私も疲れちゃったの。だから、自分の部屋に籠りがちになって、気が付いたら冬美と同じく不登校にって、そんな話だよ」

なんだ、何かおかしいぞ。話が僕の頭の中で噛み合わない。

雪美は至極まともなことを言っている。そんな理由があったのかと、何度も頷いてしまうほどだ。

冬美はそれに反応しなかったのか？　それは雪美に会うから？　冬美が言っていた、周りの声が嫌だったからか?

いや、待てよ。思い込みから動いていたと考えていたのは、雪美じゃあない。僕なんじゃないか。

雪美は確かに、異常性はあるだろう。過剰な程に妹愛が強いせいなのかもしれない。だが、それだけなんじゃないか。

僕は彼女の言葉を思い込みや、嘘だと勝手に結論付けたことしか考えていなかった。一方通行の考えしか持たなかった。

「一君、気になってって言ったけど、どうしてそんなことを訊くの? 何が気になったの?」

「……僕は刑事や探偵面をして、君のお父さんが殺された事件を考えていたんだ。犯人捜しをしていたんだよ。なぜかって、興味がないわけじゃないけど、それよりも何よりも、君が犯人なんじゃないかって疑っていたんだよ」

「――え?」

「すまない。でも、君が電話の先で話していた時、怪しいと思ってしまったんだ。どうして急いでいるのか、そして、そうだ。あの時小声で何か呟いただろう。その時にそれが怪しいと思って……」

「そうだったんだ。紛らわしいことを言って、ごめんね。あの時は、お父さんがどうしたんだろうと思ってた。だから、つい考えて、何か一君にお父さんについて言ったかどうか悩んでいたの。だから、その、考えているとつい口に出ちゃうことってない？　多分、一人言を言ってたんだと思う」

どうして謝る。なぜ怒鳴らない。悲しんでくれない。僕は酷いことを言ったというのに。そして、一人言。断続的に違うことを言っていたとすれば、あの時彼女は断片的な言葉を紡いでいただけだった。だから、呟いた言葉に意味なんかなかった。

そういうことだったんだ。僕の勘違いから、彼女に冤罪の皮を被せてしまったんだ。なんて男なんだ。僕は家畜に劣るほど、最低な能無しじゃないか。

だけど、待てよ。そうなると、犯人は——？

「雪美。まさか、今日お母さんが家にいるんじゃ？」

「うん、いるよ。お父さんが殺されてから、お仕事も休みがちになっちゃって」

まさか、そんなことはないだろう？　だって動機なんかない。それに、自分が犯人だと示すようなことをするだろうか。

まだ殺さない。まだ、彼女は息を潜めている。だけど時間的猶予はない。

動機がわからない。何が彼女を動かしているんだ。何が、彼女の殺意を生んだんだ？

雪美が僕を悩ましげな目で見つめている。

そうだ。雪美の行動基準は、冬美のため。ならば、冬美の行動基準は雪美に関連しているんじゃないか。

「雪美、冬美はどこか、おかしいところはないか？　考え方とか、なんでもいい」

「ふ、冬美？　ええと、私が嫌いで、お父さん達ともそんなに仲は良くなくて。そう、後は思い込みが強いかな。あの子、怒るときは凄いでしょう？　それも多分、言われている以上のことを想像しているんだと思うわ」

……また、思い込みか。だが確かに、雪美は怒る時は相当に激しい。昨日もそうだ。雪美に対して激昂していた。

怒りに任せた結果が、あの殺人を——？

なんの怒りに対したものだ。あの殺人が起こる前を考えろ。何があった？

確か、そうだ。雪美が両親が言ったとかいう、あの一言を聞いていた。

僕は母さんから冬美達の母親について聞いて、その人柄からそんなことを言うか悩んでいたところだ。

そう、それも雪美の妄想について疑う要因になった訳だが、それを冬美も聞いていたな。しかも、初耳のようだった。

教室の前まで来て、僕達は立ち止まる。

「質問ばかりで悪いが、雪美は前に言っていたよな。親が、産まれるならどちらか一人で良かったたって」

「あ、うん。それは……」

雪美は躊躇うようにして目を泳がせた。僕は真っすぐ彼女を見つめる。やがて雪美は覚悟を決めたのか、閉じた口を再び開いた。

「それはね、冬美の注意を引きたかったの。だからそこだけ言ったんだけど、実はそれには続きがあるのよ。

その話は『二人も産まれなければよかった。同時期に産まれるより、もう少し年を離して産まれてくれれば、誕生日の負担が減るのにな』っていう続きがあったの」

「それって――」

「そう、私がその話を聞いたのは、誕生日の前日だったのよ」

そんな結末だったなんて、想像出来なかった。そうだろう、親が子を嫌うなんて悲しい話だ。そうそうある話ではない。

まさか、冬美はその勘違いのせいで？

い、いや待て。僕はいつも考えすぎなんだ。雪美じゃないなら冬美が殺人を犯すなんて、安直な転換じゃないか。

きっと別に犯人がいるんだ。そうに違いない。そうだとも。

動機が薄いんだ。そんな話を聞いたとしても、ならば殺してやろう、なんて考える奴がいるか？

良くて反抗するくらいだ。考えすぎだ、考えすぎなんだよ。

「細部まで訊いてすまないな。気になると、居ても立ってもいられなくて。失礼なことを言って、本当にすまなかった」

「いいの。一君の悩みが晴れたなら、何よりだよ」

「君は本当に良く笑う。怒らないのか？　泣かないのか？」

「うーん、私は表情に乏しくて。どうも、誰かに怒るとか出来ないの。悲しくても涙が出ないし、出来るのは笑うことくらいなんだ」

そう言って、雪美は微笑んだ。彼女の笑顔は、どこか温かい。ああ、そうか。彼女は本当に優しい人間なんだ。

心の底から、僕は彼女に謝った。それでも、雪美は困るばかりで怒りも悲しみも、恨みもしない。

それから、僕達は別れて教室に入る。長い授業が始まった。


放課後、僕は帰り道で雪美と合流する。そして、僕はそのまま冬美の見舞いに行くことにした。

雑談をしつつ、岩倉家へとお邪魔する。

僕はそこに入った時に、異様に静かで、少し違和感を覚えた。真っすぐ伸びた廊下は暗い。雪美は立ち止まった僕に対して、小首を捻る。

「どうしたの？」

「うん、ああ、すまん」

靴を脱いで岩倉家の廊下へと一歩踏み出した。前を進む雪美は、階段を上がり始める。僕もその後に続いた。

白い壁が眼前を覆う。足下には急な階段が並び、足下を見ると必然的に雪美の足が見えた。僕はそれを見るのが恥ずかしくて、もやもやした心を払って前を見る。

階段を上がりきって、正面にある雪美の部屋を過ぎる。短い廊下の先に、冬美の部屋があった。

雪美がドアをノックする。すると、冬美の声が聞こえた。

「何か用？」

「一君がお見舞いに来てくれたよ」

「ああ、そうなの。……えっ⁉　ちょっ、ちょっと待って！」

部屋の中からバタバタと騒がしい音が聞こえる。雪美は振り返って、苦笑いをした。

「ごめんね、だらしない妹で」

「いや、面白いからいいさ。奇襲成功だな、隊長」

少しして、ドア向こうからどうぞ、と声が聞こえた。僕達は慌ただしかった内部に入り込む。

冬美の部屋は、甘い香りに包まれていた。きっとそういう匂いを放つ消臭剤等があるんだろう。

だが匂いは別として、目に映る内部ははっきり言って凄まじいの一言だ。机の上、ベッド、棚の上にはぬいぐるみや雑誌が大量に並び、壁にも俳優やらアイドルやらのポスターだったり、有名なアニメ、風景のジグソーパズルが飾られている。

床は急いで片付けられたのか、水玉模様のクッションが並べられている以外に何もなく、周囲に比べてやたらと綺麗だ。

「お、お待たせ。あは、あははは、ごめんね汚くて。人を招く機会とか、ここ数年間なくってさぁ」

冬美はパジャマ姿だ。上下共に白地に赤の水玉模様で、その格好が恥ずかしいのか、照れ臭そうにして笑っている。

「個性的な部屋だね」

僕にはそれ以上の誉め言葉が浮かばなかった。すると、雪美が僕に囁いた。

「冬美は整理整頓が苦手なの。その辺に物を放ったら放りっぱなしで……」

「ほう。相変わらず君達は正反対な性格だな」

僕は物のない、質素な雪美の部屋を記憶の底から呼び覚ました。それを踏まえて、再び冬美の部屋を見返す。

「風邪だと聞いたが、なんだ。元気そうじゃないか？」

「風邪なんて、微熱程度だったし。体調は本当に悪かったんだけどね。だけど、大分良くなってきたから、もう平気」

「そうか。ああ、これはお土産。国社数理英、五教科のプリントだ」

「ちょっと、何それ？　また私を寝込ませる気なの？」

文句を言いつつ、冬美はそれを受け取って笑う。

そう言えば、冬美と雪美はこの距離でいながら何も話していない。冬美に限っては、入るな、出ていけとでも言いそうだが、何も言わないな。

二人が口を開いても、対象は僕だ。冬美が雪美に、雪美が冬美に話すことはない。僕は無性に気になったが、目に見えない均衡が崩れるような気がして、それについては何も言えなかった。

そんな状態でも時間は経つもので、僕達は二時間近く話し込んでいた。六時半を回ったところだ。

「おや、随分と長居したな。そろそろお暇しようか」

「そう？　じゃあお開きってことで！」

三人で階段を下りる。もちろん、僕が真ん中だ。前には冬美、後ろには雪美が続き、一階に下りた。

その時、僕は違和感を覚えた。外は暗い。だから、冬美の部屋には電気が点いていた。それが普通だ。暗ければ、誰でも明かりを点けるはずだろう。

でも一階に下りた時、そこは暗闇の園だった。一点の光もない。冬美は慣れた動作で玄関口の電気を点けた。

いきなり電気が点いたから、目が眩む。僕は光の下で、また余計なことを考えてしまった。

廊下全体を照らす電灯。それについては別に何も思わない。僕に疑問を与えていることはなんだ？

朝の会話を思い返した。そうだ、冬美達の母親がいるんじゃないのか？

いるとしたら、一階のはずだろう。どうして電気を消しているんだ。何処かに出掛けた？いや、いくら二階でも、ドアの開閉音くらい聞こえるんじゃないか。

「なあ冬美。お母さんは出掛けているのか？」

「ええ？　いや、ずっと家にいるはずよ。お母さんは何かあれば私に言ってきたもの。逐一何か言われて、苛々したくらいよ」

「それじゃあ、お母さんはもう寝てるのか？　この時間に電気も点けないなんて、おかしくないか」

「そう、だね。居間に電気、点いてないもんね」

「もしかして、体調でも悪いんじゃないか？　ちゃんと看病してやりたまえ、元病人と料理担当」

また考え込む癖が出る前に、僕は二人にそう言って岩倉家を辞した。

他の住宅は、蛍光灯により放たれる人工の輝きを放ち明るい。その中で乏しい光を放つ岩倉家だけは、やはり寂しく見えた。

特異な家だ。

岩倉家の居間に電気が点いた。漸く、周囲の家々と同じ明るさを持ったその家から幾ばくも離れない内に、僕はそこから悲鳴を聞いた。踵を返して、僕はチャイムも鳴らさずにドアを叩く。

「なんだ、どうした？」

ドアノブに手を掛けると、ノブは簡単に回った。僕は靴を脱いで乱雑に放ると、電気の点いた居間へと駆け込む。

そこには、冬美と雪美が抱き合っていた。居間の奥の部屋を見て、固まっている。

「どうした、何が――」

居間の奥は、冬美達の両親の寝室だとは一目でわかった。布団が敷かれた上に、彼女達の母が横たわっていたのだから、間違いない。

一つだけ間違っていたのは、その横たわっていた女性が、永遠の眠りについていたということだ。

母だった女性は、仰向けになって濁った目を開けたまま、暗闇の中へ体を伸ばしていた。居間から差し込む光で、彼女の胸辺りが赤いことがわかる。

「死んでる」

脈も確かめることなく、僕はそう呟いた。確かめる必要などない。そう思うほど、目の前の女性の周辺は血の色一色に変容していた。

事件が起きた。起きてはいけないことが、再び起きたのだ。

そして目が固まって、死人となった女性から目が離れない。だが不思議と、嘔吐感はなかった。僕は非道なのか、それとも異常なのかはわからないが、混乱する頭の中で、また可能性を思い浮かべていた。

僕の考えすぎではなかった。

犯人は、冬美か、雪美。この二人のどちらかなのだ。

それは坂の終わりへ

僕達は、冷静になるまで時間が掛かった。だが僕は無意識に、ポケットの中にある携帯電話に手を掛けていた。

中学校では携帯電話の持ち込みは禁止されているが、僕は万が一の為に隠し持っている。そう、万が一とは事件に巻き込まれたり、事故にあった時を想定していた。しかし、想定はあくまで想定。

僕は殺人死体を前にして、事件が起きたと理解は出来ても、反応することが出来ない。どうすればいいのだろう。僕には助けを呼ぶ手段がある。いや、ここは冬美達の家だし、居間と廊下を繋ぐ出入り口の脇に据え置き式の電話があるから、彼女達も行こうと思えばすぐに辿り着ける距離だ。

そう、行こうと思えば。頭ではわかっていても、咄嗟のことに反応出来ないのが人なのだと知った。

動けない。体が言うことを聞かない。見たくないはずの刺殺体から目を背けることが出来ない。

「け、警察。警察呼ばないと」

冬美の言葉で、僕はようやく携帯電話を取り出した。しかし、横から聞こえた声に番号を入力する手を止める。

「救急車の方がいいんじゃない？　ま、まだ生きているかもしれないじゃない」

雪美はそう訴えた。しかし、僕は彼女の母の瞳が開いたままのを見て、首を横に振った。

「死んでいるよ。光が差しても瞳孔は開いているし、何よりあの出血量じゃ……」

「確かめる」

「確かめるって、姉さん、もう母さんは死んでいるわよ！」

僕達の意見には耳を貸さず、雪美は鉄臭い母親の亡骸に近付いた。そして首筋に指を当てて、口元に手を当てる。そうしてから僕達の方を振り向いて、泣きそうな瞳でその人の死を告げた。

僕は再び携帯電話に目を遣る。

早く警察を呼ぶんだ。だけど、なんでだろう。ここで呼んでいいものかを躊躇っているのは何故だ？

「……この部屋、荒らされた様子はないよな」

「なに、いきなりそんなこと――」

「犯人は何処から入って、何処から出たんだ？　居間にもこの寝室にも窓はあるが、割られた様子はない。この肌寒い時期に窓を開けっ放しにするとも思えないから、鍵は閉まっていただろう。そうなると、犯人は何処からここに入ってきたんだ？」

「そんなこと、今はどうでもいいじゃない！　警察に頼めばいいのよ、そんなことは！」

そう、冬美が正しい。だけど僕はどうも納得出来ないところがある。このまま警察を呼んだとして、容疑者になるのは冬美か雪美だ。僕も含まれるだろうが、断じて僕ではない。もしもこの双子のどちらか一方が犯人なら、殺害出来る時間は二人共にある。

朝、学校に来る前。雪美は殺すことが出来ただろう。それに冬美が気付かないのは不自然な気もするが、もし本当に体調不良で寝ていたなら事情は変わる。

元々家族仲は良くない。お父さんの件で少し良くなっても、そこまで気にする存在に変わるだろうか。

食事のために居間に来ても、食事が用意されていれば気に止めないのではないか。

呼んで返事がなければ、自分が寝ている間に外出したと、そう判断するのではないか？

雪美は料理が出来る。簡単なものなら、作るのにそう時間は掛からない。

これは雪美が犯人である場合。もしそうだとするならば、そういう考え方が出来るのだが、一つ確認しなければならないこともある。

「ここの寝室は、和室のようだな。襖で居間と区切られているが、ここは居間に来たとき、閉まっていたのか？」

「何よ、どうして一君が刑事気取りのことなんかしてるのよ。早く警察呼びなさいよ！」

「閉まってたよ。一君が帰った後、玄関に靴があったから、もしかして寝てるのかと思って襖を開けてみたら、こんな……」

「姉さん！」

となれば、どちらも犯行は可能だ。冬美が犯人ならば、いつでも出来た訳だしな。

冬美は父親の一件の後、母親と話す機会が増えたはずだ。それならば、母親も滅多に話さなかった娘に安堵感を抱いたはずだ。特にあの惨事の後だ。少しでも安らぎがほしかっただろう。

つまり、母親は冬美に対して警戒心は薄らいでいた。ならば、いきなり襲ってくるとは考えない。抵抗する間もなく毒牙に懸かった、という結末があったのかもしれない。

わからないのは動機だ。どちらもそれが欠けてはいるが、この状況で殺人が犯せたのはこの二人のどちらかで間違いない。

第三者の可能性は浮かばないが、それは直感的で根拠などない。だが僕は、その可能性以外は浮かばなかった。

この二人のどちらかが嘘をついているのも間違いなかった。互いの話が食い違っているのは、何かを隠すためだろう。

冬美を信じるなら、雪美には妄想で物事を考える節がある。だが雪美が犯人でないなら、冬美は嘘をついていることになる。そうする理由があるとすれば、そうしなければならないことがあるからだ。

僕はようやく110番を押して、電話に出た人に事情を説明した。その頃には気分も落ちついていていたため、電話向こうの方に事態の説明をしている間、その態度を不審がられているような気がした。

携帯電話を閉じて、二人を見遣る。

「なんで、あんなことを訊いたの？」

「必要な情報だったのさ。警察への状況説明のためにな」

「嘘よ！　何を隠しているの？」

「冬美、落ち着いて」

「五月蝿い！　そうよ、あたし達のどっちかが犯人だとでも思っているんでしょう!?」

その通りだ。

「そう思うか？　君に殺人を犯す動機があるのか？」

「……ないわよ。でも、動機なんて不安定なものじゃない。誰がどんなはずみで、何をするかなんてわからないわよ」

「わからないな。そう言うと、何か知っているように聞こえる」

冬美は顔を背けた。苛々しているのがわかる。それぐらい、表情を歪めていた。

重苦しい空気が流れる。その中で、僕はある考えを思い付いた。

「間もなく警察が来るだろう。しばらくは警察の厄介になるだろうが、君達も犯人には気を付けることだ」

「どうして私達が狙われるの？　何もしていないじゃない！」

「どうだろう？　殺人犯に理屈が通じればいいがね」

「は、一君。あまり怖いことを言わないで？」

「おっと、すまない。冬美を怖がらせてしまったな。さて、僕も現場を見た以上は、ここから動けない訳だ」

　僕は居間を見回す。床には血痕はない。犯人は寝室で凶器の血を拭き取ったのだろう。だが胸辺りを突き刺して凶器を引き抜いたのなら、返り血を浴びているはずだ。

　当然血は落としているだろう。だとしても、今日殺されたならまだ凶器は近くにあるはずだ。

　二人に視線を映す。怯えたような冬美と、それを、心配そうに眺める雪美が座り込んでいる。

　警察が来るといっても、焦った様子はない。冬美の方は少し気になるが、僕が脅したことも大きいだろう。

　さて、もしこの双子のどちらかが犯人なら、僕はついさっき殺すべき標的に変わったはずだ。

冬美にありそうな動機は、やはり激情に任せたものだ。何かの拍子で憤慨して——というのがあり得そうなものだ。

対する雪美は、やはり冬美のためだろう。妄想を動機に加えるのなら、これ以上にない動機だ。

冬美を脅えさせた僕は、雪美にとっては敵に見えたことだろう。自分を疑っている僕に対して、冬美はさぞかし腹を立てたことだろう。

どちらが動く？　まさか、二人が犯人なのだろうか。いや、協力する得がない。

「ねぇ、一君。ここは鍵こそ閉まってないけど、密室に近かったのよね？」

「実際の状況は見てないが、窓の鍵は——閉まっているし、荒らされた様子もないから、多分そうだろう。襖も閉まってたらしいからな」

「第三者が入り込んで、物音一つ立てずにお母さんを殺したのかしら」

「……難しいな。君の母親がいつ殺されたかはわからないが、少なくとも夜じゃない。朝から夕方までの時間帯だ。白昼堂々、人の家に入りこんだ輩がいたら、目立つだろう」

「インターホンで呼んだのかも」

「それなら、冬美。君は今日一日家に居て、インターホンの音を聞いたか？」

冬美は首を横に振る。そして、歯を食い縛る。

「もういいでしょう？　そんな茶番」

「え？　ふ、冬美？」

「一君はさぁ、犯人は私か姉さんだって断定してるんでしょ？　そうよ、私だってそう疑うわ！　でもねぇ、私は殺ってない！　だったら、後は消去法よ」

蛇のように、ぎらりとした冬美の眼が雪美に向けられた。

「あんたでしょ？　あんたが母さんと父さんを殺したんでしょ!?　前に私と二人で暮らそうとか、意味深なことも言ってたもんねぇ！」

「そ、そんなことしてないわ。あれは貴女の注意を惹きたくて、その……」

「五月蝿い、五月蝿いのよ！」

冬美の平手打ちが、雪美の頬に当たる。雪美はよろけて尻餅を着いた。

「おい、いきなり何を――」

「あんたも五月蝿いのよ！　何よ、探偵気取りなことをして！」

突然凶暴化した冬美は、苛立ちが頂点に達したらしく鋭い視線を僕に突き立てた。

さっきの冬美の話だと、自分は殺していないと言っていたようなものだ。自分ではないから雪美に違いない、か。

だが、雪美も知らない風だった。ならば、全て僕の勘違いだったのか？　その勘違いのせいで、この状況を――。

いや違う。自分の考えを簡単に曲げるな。一度そうして、雪美達を疑うのをやめて、また人が殺されたんじゃないか。それも、犯人として成り立つのはやはりあの二人だった。

もう間違えられない。ここで僕が諦めたら、それは新しい事件を生むだけだ。

「君はお父さんが殺された日に、どこで何をしていた？」

「友達と遊んでいたわ。なんなら証人としてここに呼ぶ⁉」

「頭に血が上り過ぎているようだな。君は前に、僕に言ったことを忘れたのか？」

冬美は何を言われているのかわからなかったのか、片眉を上げた。そして目を見開いた。

「それはそうだけど、あれ？　あたし、記憶が二つある……？」

「なんだと？」

「嘘⁉　あたしは家に居て、あれ、でも外にも居た……？」

突然、頭を抱えて冬美がその場にしゃがみ込んだ。

なんだ、記憶が二つあるとはどういう意味だ。嘘か、演技か？

いや、待て。そうか、そういう意味なのか？

冬美はずっと姉から逃げ家族から逃げていたのだから、自らの殻に閉じ籠っていたんじゃないか。それが意味しているのは、そう。彼女の暗い精神状態だ。

幼い頃から身近に大嫌いな存在がいた冬美は、どうだったのだろう。

毎朝学校に誘う声は、彼女の耳にどう聞こえていた？

人間の脳は、心はとても複雑だ。とても科学とやらでは解明しきれないほど、とても精巧で、万能で、しかして脆いものだ。

自分の認識したくないことだけを忘却したり、ありもしない仮想の話を作り上げたり。例はある。ならば彼女にも、そんなことも可能なのではないか。

常人では難しくても、彼女にはその能力を育む環境があった。

そう。思い込みが、妄想に囚われていたのは雪美ではなかった。冬美だ。冬美の方だったんだ。

「ふ、冬美、落ち着いて、大丈夫だから」

「寄るな、寄るなぁ！」

冬美は完全に錯乱していた。近寄った雪美を腕を振って近付かせなかった。

彼女が現実を認識してしまった。それが引き金になったのだろう。もう、彼女は殻から出るしかない。

「おかしい、おかしいよこんなの。私は、友達と遊んでたはずよ。なのに、どうして家にいたって記憶があるの？　あんたが父さんを殺したはずじゃない。それに、それに、友達と別れた後、なんであいつが……」

「落ち着け。あいつって、お父さんか？」

「お、父さん？　そうだ、あの人は父さんだった。父さん、父さん？　いや違う！　あいつなんて親じゃない。私はあいつらを親だなんて思わない！」

冬美の狂気染みた輝きを秘めた目が、僕に向けられた。口元が歪み、笑っているような、引きつったような表情を作る。

「ああ、わかった。そっかぁ、私が殺したんだ。そうよ、殺したわよ!!」

「冬美……！」

「そうよ、うっかりしていたわ。すっかり忘れてた。私が殺したからって、なんなの？　悪いのはあいつらじゃない。そうよ、あいつらが、あんなものを産んだから悪いのよ！」

そう言って、冬美は雪美に指を指した。雪美は肩を跳ねさせ、怯えたように冬美を見つめる。

「わ、私？」

「そうよ、あんたを産んだのはあいつらじゃない。だから殺したのよ。でも、どうしてあんたは生きているの？　あいつらは死んだじゃない。なんで？　ねえなんでよ？」

「冬美！　君は自分が何を言っているのかわかっているのか？」

僕の言葉に反応して、不気味な程ゆっくりとした動きで僕と向かい合った。

「悪いのはあいつらじゃない。どうでも良いことよ、死んだことなんて」

冬美がひたひたと僕から離れていく。僕はそれを目で追って、そして彼女の向かう先に気付いた。

台所――！

僕が動いた時には、冬美は台所のすぐ側まで来ていた。だが僕が来たのを見て、即座に振り返って掴みかかってきた。

応戦するが、冬美の力は意外に強い。学生服の襟を掴まれ、腹を殴られる。痛みを堪えて僕はなんとか襟を掴んだ彼女の手を剥がして、突きだしてきた手を掴んで横にずれた。

そのまま足をかけてバランスを崩して、掴んだ右腕を背中側に押し付けて倒れさせ、漸く動きを止めることが出来た。

「痛あっ⁉」

「暴れるな！」

「放せ、離れろぉっ！」

とりあえず、動きを封じつつ彼女を睨み付ける。

「君は動機がめちゃくちゃだ。理解が出来ない」

「五月蠅い！　いらなかったものまで産んだあいつらなんて、死んで当然よ！　そもそもどうして殺しちゃいけないの？　嫌だから殺して何が悪いのよ⁉　私の家族でしょ？　私の勝手にして何が悪いのよ！」

「じゃあ、どうして一番憎い私を最初に殺さなかったの？」

冬美の前に、雪美が立った。冬美は苦々しげに雪美を見上げる。

「どうして？　理由なんてない。どうせ皆殺すんだもの。どれから殺すかなんて、選ばなくても良いでしょう？　産まれるのは、私だけで良かった。なのに私を苦しめるものを産んで、のうのうと生きているなんて、あいつら狂っているわ！　私が正常なのよ‼」

冬美が嘲笑する。雪美はそれを悲しげに見つめて、僕の後ろを通っていった。

「雪美？」

「……冬美はね、昔からおかしなことを言っている子だったの。他人の前では明るい子。でも家族の前だと、理不尽に癇癪を起こす子だったの」

僕は冬美を押さえていたから、動くことが出来ない。だが、明らかに場の雰囲気が変わったのは理解出来た。

「だから、私はずっと貴女が外でも癇癪を起こさないか不安だったわ。だから、少し過保護になっちゃったけど。ああ、そうだ冬美。あの時、お父さんは刺された後もまだ息があったのよ」

「何よ、あいつ生きて――なんであんたがそんなことを知ってるの？」

「知っているよ。貴女の後を追っていたから」

僕は思わず冬美の腕から力を抜いてしまった。その隙に冬美は僕を振りほどいて立ち上がる。そして短い悲鳴をあげた。

何事かと思って振り向くと、雪美は出刃包丁を手にして立っていた。

「お父さんは、口から血を吐いて倒れていたわ。それでもまだ生きていたの。だから、私が止めを刺した」

「君も、見えざる犯人だったのか……!?」

「ええ。後頭部を殴ってね。あの辺は、石も多いから」

雪美は冬美に刃を向けて、近付いていく。冬美はたじろぎ、後退する。

僕は咄嗟にその間に割り込んだ。

「やめろ、やめるんだ。これ以上罪を重ねるな！」

「お母さんも生きていた。今日学校に行く時、襖を開けて驚いたわ。だって、虫の息になったお母さんがいたんだもん。だから、もう一度刃を突き立てて、楽にしてあげたわ。全く、冬美は昔からそう。遊んだ玩具をその辺に投げたままにしてたからね」

雪美が僕と一人分距離を空けて、立ち止まる。血生臭さが背後から漂ってきた。そして、目線の下で銀色の刃が光を反射している。

どうする。どう対処すればいい。

悩む僕の背中に、冬美がしがみついた。その手は震え、本当に怯えているのが解る。

「わ、わ、私は、私はあんたなんか大嫌いよ！　嫌、来ないでよ！」

「貴女が罪を犯す度に穴が開く。私が完璧にそれを隠してきた。でも、もうそれもおしまい。本当に愛しているのよ、冬美。だから私が貴女を楽にしてあげる」

雪美の足が一歩出た。それと同時に、冬美は寝室の奥へと逃げ出す。僕は雪美の道を阻んだ。

「どいて――くれる？」

彼女は微笑んだ。僕の好きだった笑みが、その時だけは汚れて見えた。そのまま彼女は僕の横を通り過ぎる。

僕は身動きがとれなかった。それは、あまりに一瞬のことだった。

止めようと振り向いた時、暗い寝室の奥まで冬美を追い詰めた雪美の声だけが、僕の耳に届いた。

「愛しているから、だから冬美。御願い――死んで」

悲痛な声が刹那の時を駆けた。頭蓋骨が床に落ちる鈍い音、そして嫌な水の滴りが聞こえたところで、パトカーのサイレンが外から響いてきた。

「なぜだ、なぜ冬美を殺したんだ！」

「捜査されれば、冬美は絶対に捕まるわ。だから、殺したの。もう楽にしてあげないと、ね？」

暗闇から現れた雪美は、返り血を浴びながら笑っていた。優しく、優しく。

パトカーが止まる音が聞こえた。インターホンの音が鳴り、ドアが叩かれる。

「ごめんね、一君。でもね、私は本当に――」

家に踏み込んだ警官により、岩倉家の惨状が明らかになった。僕は雪美の笑顔を見つめるしか出来ずにいた。